CW01624373

*El Carnaval de las Letras*

# LAS CASTAÑERAS PICADAS Y OTROS SAINETES

© Carmen Bravo-Villasante, de la selección y prólogo, 1989
© Mondadori España, S. A., de la presente edición, 1989
Avda. Alfonso XIII, 50 - Madrid.
ISBN: 84-397-1580-3
D.L.: M. 22.909-1989
Impresión: GRAFUR, S.A.

*Printed in Spain*

## Prólogo

*Según definición del Diccionario de la Real Academia, el sainete es «pieza dramática jocosa en un acto y por lo común de carácter popular, que suele representarse al final de las funciones teatrales», o sea como fin de fiesta. El sainete es un diminutivo de «saín», que significa «grosura de un animal». Sainete también es «salsa que se pone en ciertos manjares para hacerlos más apetitosos» y «bocadito delicado y gustoso al paladar».*

*Las piezas breves, como los pasos, los entremeses, las mojigangas y los sainetes, gozaron del favor popular tanto por la gracia del texto como por los aditamentos del cante y baile, y si durante los siglos XVI y XVII fueron predilectos del público, en el siglo XVIII alcanzaron su apogeo con el gran sainetero D. Ramón de la Cruz, que supo alegrar sus sainetes con tonadillas, seguidillas y fandangos.*

*Era tan de rigor la tonadilla en el sainete que más de una vez, como en el sainete de «La petimetra en el tocador» (1762) termina así:*

*Todos: Mientras que una tonadilla*
*pide perdón de los yerros.*

*Y en «El teatro por dentro» (1788) del mismo D. Ramón de la Cruz, Esteban pregunta:*

*¿Qué tonadilla tenemos esta tarde?*

*En «La botillería» del mismo autor, se termina así:*

*Pongamos fin, continuando*
*tonadillas y fin de fiesta.*

*Durante el siglo XVIII el teatro español arrastraba la herencia de los grandes comediógrafos del XVII: Lope de Vega, Tirso y Calderón, y destacaban sus seguidores Zamora, Bancés Candamo y Antonio Solís, y los nuevos intentos de introducir el drama clásico francés, escasamente aceptados por el pueblo español. El movimiento de la Ilustración proclive a la escena clásica y a la literatura culta, miraba con desdén los entretenimientos populares teatrales, como los sainetes y los entremeses, por considerarlos arte vulgar. El pueblo, sin embargo, los quería y aplaudía.*

*Son curiosas las palabras del fabulista Félix María de Samaniego en el periódico «El Censor» (núm. 92, 1786). Dice: «Vuelve con la Pascua el teatro, y nosotros volvemos de refresco a la carga, empezando con los interme-*

*dios de música conocidos con el nombre de tonadillas. En ellas verá usted compendiados todos los vicios de nuestros sainetes, amén de otros muchos que les son peculiares. Éste sí que es el imperio donde dominan las majas y los majos. Las naranjeras, rabaneras, vendedoras de frutas, flores y pescados dieron origen a estos pequeños melodramas; entraron después en ellos los cortejos, los abates, los militares y las alcahuetas; pero los majos faltan rarísima vez en estas composiciones. Por fin, cansados de inventar, los poetas han puesto su doctrina en boca de los mismos cómicos...»*

***

*Nació D. Ramón de la Cruz el 28 de marzo de 1731 en Madrid. Fue bautizado en la castiza Iglesia de San Sebastián, de la calle de Atocha, la Iglesia de los cómicos. Vivían sus padres en la calle del Prado. Su hermano Juan de la Cruz fue famoso dibujante, autor de la «Colección de trajes de las provincias de España» (1777). El joven D. Ramón de la Cruz ocupó diversos cargos administrativos, fue oficial de Contaduría de Justicia, contrajo matrimonio en 1760, y pronto se dedicó a actividades teatrales en 1760.*

*Al principio hizo adaptaciones de comedias de Lope y Calderón. Tradujo el «Hamlet» de Shakespeare, y adaptó alguna comedia de Molière. Bien situado, tuvo muchos encargos del conde de Aranda: loas, intermedios y ale-*

*gorías para acontecimientos públicos y reales. Pero lo que le dio mayor fama fue su dedicación total a la creación de sainetes. La duquesa condesa de Benavente en 1781 le protege y le lleva a vivir a su casa en la calle de Alcalá como administrador y autor de comedias, algunas de las cuales se representaron en su propio domicilio por sus familiares. Tan entregado está D. Ramón de la Cruz al género teatral de los sainetes que hasta se permite la parodia de la tragedia neoclásica que los ilustrados intentaban imponer en el teatro, y escribe el «Manolo» e «Inesilla la de Pinto».*

*D. Ramón de la Cruz, según el crítico Cotarelo, escribió más de 475 sainetes. Él mismo, en la Introducción a su «Teatro o colección de sainetes y demás obras dramáticas», se declara escritor costumbrista, pues considera sus sainetes como reflejo de las costumbres populares. Dice: «Los que han paseado el día de San Isidro su pradera, los que han visto el Rastro por la mañana, la Plaza Mayor de Madrid la víspera de Navidad, el Prado antiguo por la noche, y han velado en las de San Juan y de San Pedro; los que han asistido a los bailes de todas clases y gentes y destinos... En una palabra, cuantos han visto mis sainetes reducidos al corto espacio de 25 minutos de representación... digan si son copias o no de lo que ven sus ojos y de lo que oyen sus oídos; si los planes están o no arreglados al terreno que pisan; y si los cuadros no representan la historia de nuestro siglo. En cuanto a la verdad, la imitación, y la disposición de las figuras, a fe que tienen más de historia que la que yo tengo entre las manos, y no me dejará mentir, si hay quien dude de lo que yo escribo y ella me dicta».*

*Esto es cierto en aquellos sainetes titulados «La pradera de San Isidro», «El Prado por la noche», «La Plaza Mayor» y otros, animadas descripciones de las costumbres del pueblo madrileño en determinadas festividades. En esto tenía antecedentes D. Ramón de la Cruz en el célebre costumbrista Juan de Zabaleta (1610-1670) y sus cuadros « El día de fiesta por la mañana» (1654) y «El día de fiesta por la tarde» y Francisco de Santos ( + 1700) autor de «Día y noche de Madrid, discurso de lo más notable que en él pasa» (1663). Aunque por la gracia y el donaire y la viveza de la acción el antecedente más inmediato de D. Ramón de la Cruz es D. Luis Quiñones de Benavente ( + 1651) autor de numerosos entremeses asainetados, como «El guardainfante», «La capeadora», «El marido flemático» y «Los coches». Majos y majas, pobres y de rumbo, petimetres y petimetras, abates y currutacos, manolos y manolas, madamas y usías, guapos, lacayos, chulos, naranjeras, verduleras, castañeras, y otros tipos de la vida madrileña son los animadores del sainete, cuando no los únicos protagonistas.*

***

*Difícil ha sido nuestra selección de sainetes, ya que muchos de los omitidos pudieran, también, haber sido seleccionados por su gracia y su valor documental. Por eso los citamos para que el lector pueda seguir leyendo. Son: «La noche de San Pedro» (1763), «Las majas de Lavapiés» (1764), «El Prado de la noche» (1765), «La botillería» (1766), «La elección de cortejo» (1767), «El deseo de seguidillas» (1769), «Los payos críticos» (1770), «Las tertulias de Madrid» (1770), «Los usías y las payas» (1772), «El viejo a la moda» (1772), «El cortejo escarmentado» (1773), «El mesón por Navidad» (1774), «Los bandos de Lavapiés» (1776), «El sarao de Chinita» (1777), «La cesta del barquillero» (1778), y «Las amazonas modernas» (?)*

*En los sainetes de nuestra selección pueden verse todas las características del sainete dieciochesco, llevado a la cumbre por D. Ramón de la Cruz. En «El petimetre» (1764) junto a una observación del natural hay una tradición literaria heredada de «El lindo Don Diego» de Moreto: el caballero presumido en su cámara, rodeado de frasquitos y de cajas, haciéndose untar de pomadas de jazmines mientras el peluquero le peina el tupé. Todo ello amenizado de tonadillas.*

*En «La Plaza Mayor» (1765) el día de Nochebuena, también dos petimetres paseantes observan y cuentan las escenas y tipos que cruzan la Plaza. Pasan diversas figuras de dos en dos, y se oyen las conversaciones. Los gritos de la calle animan el escenario: ¡Coliflores y apios! ¡Turrón y jalea!*

*¡A los villancicos*
*que ya pocos quedan!*

*Paveros, mozos de cordel, horterillas, mercaderes, fruteras, verduleras, mauleros, entrecambian voces y cuchufletas.*

*«Las castañeras picadas» (1787) se enfrentan. Geroma la Temeraria y Estefanía la Pintosilla, con sus respectivos majos, riñen entre ellas. Las guapezas alternan con las cuchipandas y las francachelas, y la camorra de las dos tarascas acaba cantándose unas tiranas. Fandangos y contradanzas se contraponen, como las madamitas y las castañeras. Para más gracia aparece un gallego farfullando un castellano deformado.*

*Por lo que respecta al lenguaje, el de todos los personajes del sainete es muy especial. Si el Padre Sarmiento dijo en una ocasión: «Nunca supe lo que era la lengua castellana hasta que leí los entremeses», lo mismo podemos decir nosotros de los sainetes. No sólo por la riqueza y variedad del léxico, sino por la diversidad de los modismos y locuciones y por la especial sintaxis. Una lengua hablada muy viva, muy de la calle o del salón almibarado, que a Galdós entusiasmaba cuando escribió su ensayo sobre «Don Ramón de la Cruz y su época».*

*Para terminar añadiremos que es cierto lo que se ha dicho, que el que quiera conocer a fondo las costumbres españolas en el siglo XVIII, que estudie el teatro de D. Ramón de la Cruz, las poesías de Iglesias y los Caprichos de Goya.*

Carmen Bravo-Villasante

# El Petimetre

## PERSONAS

D. SOPLADO.
D. MÓNICO.
D. MODESTO.
D. SIMPLICIO, *barba*,[1] *marido de*
DOÑA VERÓNICA.
DOÑA PLÁCIDA. } *Sus hijas.*
DOÑA TECLA. }
D. ZOILO, *abate.*
TARARIRA, *criado de D. Soplado.*
UN LACAYO *del mismo.*
JUANA, *criada de doña Verónica.*
UN MAJO.
UN PELUQUERO.

[1] Barba: actor de teatro que hace papeles de hombre maduro o viejo.

El teatro representa la cámara de un caballero soltero, con unas sillas, un tocador, una mesa con algunos libros, y multitud de frasquitos, cajas, etc.

*Salen* TARARIRA *y el* LACAYO, *uno con el vestido y un cepillo, y otro con las ligas, peinador, etc., que colocan sobre alguna otra mesa o silla.*

TARARIRA. Dejemos eso, que ya
parece que se levanta
el amo.

LACAYO. Y aun sale aquí,
si el oído no me engaña.

*Sale* D. SOPLADO *en bata, despeinado, o con cofia, esperezándose.*

SOPLADO. ¿Ha venido el peluquero?

TARARIRA. Más ha de dos horas largas,
que espera en el tocador.

SOPLADO. ¿Qué tal está la mañana?

TARARIRA. Como de otoño, y aun hoy
está mucho más templada,
porque hay tal cual nubecilla.

SOPLADO. ¿Y qué hora es?

TARARIRA. Las diez dadas.

SOPLADO. Oh, pues siendo tan temprano,
hasta la hora de que salga
quizá saldrá el sol. Prevenme
el otro vestido de aguas
y galones.

TARARIRA. ¿Y si llueve?

SOPLADO. ¿Qué quieres que yo le haga?
¿Estando en el entretiempo,
he de llevar paño o lana,
y que se rían de mí?

LACAYO. Otros le llevan.

SOPLADO. Gentualla
que sólo tiene un vestido,
o personas chavacanas,
que los dogmas del buen gusto
no consultan, o no alcanzan.

*Sale el* PELUQUERO.

PELUQUERO. ¿Señor, vamos despachando?

SOPLADO. Estoy pronto, aunque hoy es vana
vuestra queja, que no es tarde.
Tararira, las toallas.

TARARIRA. Aquí están. ¿De qué manteca?

SOPLADO. Ninguna: trae la pomada
de jazmines.

TARARIRA. Está todo.

SOPLADO. Sólo ese libro me alcanza,
diré entretanto el oficio.
Éste quede aquí, y tú saca
el vestido que te dije.

TARARIRA. «Mientras se peina esta dama
*(Aparte.)*
»bien puedo almorzar, oír misa
»con sermón, y no hacer falta.»
*(Vase.)*

SOPLADO. Ro, ro, ro, ro, ro; mirad

*(Como que reza entre dientes y se interrumpe para hablar de otras cosas que le ocurren.)*

que ayer dicen que llevaba
tres pelos más en un lado,
y un canto de real de plata
más levantado ese bucle.
Ro, ro, ro, ro, ro: con gracia
este tupé, como ayer:
bien.

PELUQUERO. ¿Le aprobó alguna dama?

SOPLADO. Me dijo la Marquesita,
y que no es mujer de chanzas,
que no había visto en su vida
cosa más bien acabada.
Ro, ro, ro, ro, ro: ¿peinaste
ayer a doña Lisarda?

PELUQUERO. No señor, sólo la puse
la gran cofia.

SOPLADO. ¿Estaba mala?

PELUQUERO. Yo no sé.

SOPLADO. Ro, ro, ro, ro.
Una cosa de importancia
tenía que preguntar,
y no hay forma de acordarla.
Ro, ro, ro: justamente
ya me acuerdo. ¿Doña Laura,
por qué os dejo?

PELUQUERO. La dejé
yo, porque no me pagaba.

SOPLADO. ¿Pues cómo?

PELUQUERO. Me hizo dejar
tres o cuatro parroquianas,
ofreciéndome millones
porque no la hiciese faltas,
y después en año y medio
no la pude sacar blanca:
y aún me tiene por allá
cincuenta pesos.

SOPLADO. Más alta
la atadura, porque vean
que son esmalte de Francia
los broches del corbatín,
y se distinga la holanda
que vuelve del cabezón.

*Sale* TARARIRA.

TARARIRA. Esperando en la antesala
don Mónico y don Modesto
están, con don Zoilo Maza,
que ha tres días que llegó
de París.

SOPLADO. ¡Fineza rara
es verme, sin aguardar
que a cumplimentarle vaya!

*Salen los tres con* TARARIRA. *Se levanta, y se abrazan.*

ZOILO. ¿Señor don Soplado?

SOPLADO. ¿Amigos?
Señor don Zoilo; no alcanza
mi cariño, qué razón
hay para que desairada
dejéis a mi urbanidad,
anticipándoos con tanta
brevedad. ¿Creéis que ignoro
los ritos de la crianza,
y venís a reprenderla,
antes de poder culparla?

ZOILO. Al contrario: porque veáis,
que vivo en la confianza
de nuestra antigua amistad,
no he querido que os cansarais
en ir, estando yo fuera.

SOPLADO. Eh, los asuntos de tabla,
creed que no los ignoro.

MODESTO. No es una ciencia muy alta
la de las visitas; pero
sí creo que es la más ardua
y difícil.

MÓNICO. Añadid
a eso, ¡lo delicada!

SOPLADO. ¡Es más de lo que parece!

MÓNICO. Ya se ve: el hombre que alcanza
a manejar en la corte
las etiquetas con gracia,
sabe cuanto hay que saber.

ZOILO. Es la ciencia más abstracta
al juicio de los humanos.

MODESTO. Y en la razón tan fundada,
que ningún hombre de juicio
penetra sus pataratas[2].

SOPLADO. Sillas para estos señores,
Tararira.

ZOILO. ¡Cosa rara
es por cierto el apellido!

MODESTO. No tal; no es la más hidalga
de la corte su familia;
pero es la más dilatada.

SOPLADO. ¡Todo lo habéis de notar!
Así se le ha puesto en casa,
por lo alegre que está siempre.

TARARIRA. Y porque a mi amo le agrada
este nombre, más que cuantos
en el Calendario estampan.

PELUQUERO. Por Dios, señor, que ya es tarde.

ZOILO. Nuestra visita embaraza,
y más que estabais rezando.

LOS TRES. Adiós.

SOPLADO. No: que para nada
me podéis dar sujeción
vos, siendo de confianza:
y el rezo ya está acabado.

*(Tira el libro sobre la mesa.)*

PELUQUERO. ¡Y con qué devoción! ¡Vaya

[2] Patarata: expresión, demostración afectada y ridícula de un sentimiento o cuidado, o exceso en cortesía y cumplimientos.

que edificará a cualquiera!

SOPLADO. Y cuando no se acabara,
esto se hace el día que uno
se está por demás en casa
un rato. Vaya los polvos;
*(Siéntase.)*
y tú puedes traerme agua
para lavarme.

TARARIRA. Está bien. *(Vase.)*

MÓNICO. Ausencia ha sido bien larga
la que habéis hecho, don Zoilo.

ZOILO. Diez años y medio.

MÓNICO. ¡Qué ansia
tendríais de volver!

ZOILO. Por cierto
que en mi vida lo pensara,
si hubieran mis asistencias
alcanzado a la bizarra
ostentación que es forzosa
en un extranjero que anda,
con privilegios de noble,
corriendo cortes extrañas.

*Sale* TARARIRA.

TARARIRA. Aquí está el agua, señor.

MODESTO. ¡Poco os debía la patria,
señor don Zoilo!

ZOILO. Tan poco,
que sólo pudo en la rara
melancolía, que tuve

desde que me vi en España,
aliviarme la amistad
de los finos camaradas.

MODESTO. ¿Tan bien os han parecido
otras cortes?

ZOILO. ¡Cosa estraña
es que vos lo preguntéis,
habiendo corrido tantas!

MODESTO. Confieso hallé en cada una
muchas cosas que ilustraran
mi entendimiento, mas no
que me apagasen la llama
del amor al patrio suelo.

ZOILO. Pues yo traía ya echada
la cuenta de no pararme
en Madrid ni una semana;
pero en estos cuatro días
he observado, que se halla
digno, tal cual, de que yo
le habite. Está adelantada,
en lo que cabe, la gente.
Ayer comí en una casa,
y estuvo mediano aquello:
no hubo las extravagancias
de la sopa guarnecida,
ni lo de pichón por barba.
Había un lindo trinchero
de menestra, otro de pasta,
un fricasé[3], una compota,
y una o dos pollas asadas,

[3] Fricasé: guisado de la cocina francesa, cuya salsa se bate con huevos.

que para quince de mesa,
es comida muy sobrada.
Ya la amanece el buen gusto
en el mueblaje: las casas
se adornan de cornucopias,
en vez de petos y lanzas:
y ya ven los españoles,
que el papel, y las indianas
para vestir las paredes,
les hacen muchas ventajas
a los cuadros de Velázquez,
Cano, Ribera, que llaman
el Españoleto y otros
pintorcillos de esta laya.
Parece se ha propagado
el cultivo hasta las caras:
aquel bruto desaliño
del cabello y de la barba,
que hacía nuestra nación
tan terrible a las contrarias,
ya dócil a beneficios
del jabón y las pomadas,
por donde quiera que vamos
van diciendo nuestras fachas,
que somos gente de paz:
ya nadie al vernos se espanta,
pues yace oculto de miedo
el duelo, o la patarata
de aquel honor, que fundaron
en ser las doncellas castas,
muy religiosas las viudas,

recogidas las casadas,
los ancianos venerables,
los niños de cera blanda,
los hombres ingenuos y
muy hombres de su palabra.
Que porque me dijo mientes...
porque me sopló la dama...
u otras tales bagatelas,
¿he de andar a cuchilladas?
¡Hubo entre nuestros antiguos
gentiles extravagancias!

MODESTO. Gentiles serían; pero
ahora no son muy cristianas.

SOPLADO. Aunque no hubiera en Madrid
otra cosa que esta masa
*(Lavándose.)*
para lavarse las manos,
debía ser celebrada
nuestra edad.

MODESTO. No es en los hombres
mucho primor manos blandas.

SOPLADO. Antes sí, que si se ofrece
bailar una contradanza,
es feliz preservativo
de ofender la de la dama.

MÓNICO. ¡Perfecta frase!

SOPLADO. Las ligas.

TARARIRA. Extienda usted bien la pata,
las apretaré a conciencia.

SOPLADO. Pues ya que de eso te encargas,

hazlo con juicio y esmero,
y más que otra cosa no hagas
bien en tu vida, porque
no puede haber mayor tacha
en un hombre de honor, ni
puede hacer mayor infamia,
que profanar un estrado
con las medias arrugadas.

MODESTO. ¡Extraño vuestro concepto;
pero más la tolerancia
del martirio que sufrís!

TARARIRA. Pues no es cosa tan extraña
el dar unas ligaduras
a quien el sentido falta.

SOPLADO. A título de bufón,
dice cuanto le da gana.
El vestido.

TARARIRA. Ya está aquí.

ZOILO. Muy marcial está, y es grata
la horma, señor don Soplado.

TARARIRA. Y eso que hoy no está apretada
la cotilla.

SOPLADO. ¡Pero ved
qué pecho, qué airosa manga!

ZOILO. El calzón es algo estrecho.

TARARIRA. «¡La conciencia sí que es ancha!»
*(Aparte.)*

MÓNICO. Aquí lleváis una mota.

SOPLADO. ¿Mota yo? Si no mirara
a los señores... ¿Yo mota?
Voto a... una mota... ¡Ahí es nada

el defecto! ¿De qué sirve
a un hombre lo que trabaja
por mantener su opinión,
si en manos de esta canalla
va un hombre siempre vendido?

MODESTO. «¡En una mota repara *(Aparte.)*
»por afuera, y por adentro
»estará lleno de manchas!»

SOPLADO. El relox.

TARARIRA. Ahí va con todos
sus cascabeles.

SOPLADO. Las cajas.

TARARIRA. Dos, tres, cuatro, cinco...

SOPLADO. Espera,
y los frasquitos alcanza,
iré mojando pañuelos;
no me vea en la desgracia
del otro día.

TRES AMIGOS. ¿Qué fue?

SOPLADO. Varios pañuelos llevaba,
rociados de las mejores
y más exquisitas aguas;
y se le antojó el olor
de clavel a cierta dama:
pidiómele, y yo, que acaso
entonces no le llevaba,
discurrid cuál quedaría;
sorprendido, hecho una estatua,
corrido: estos son los lances
en que los hombres atrasan

sus carreras: y es un caso,
que en las historias no se halla:
por eso ahora siempre voy
hecho una botica.

MODESTO. Vaya,
que si así prosigues, pronto
en ti mismo habrás de usarla.

MÓNICO. En todo sois primoroso.
*(A Soplado.)*
Don Modesto, esta enseñanza
habíais de tomar.

ZOILO. ¿Os dura
todavía aquella avara
propensión hacia los libros?

MODESTO. Y siempre con más constancia.
Ésas son las diversiones
sin riesgo.

MÓNICO. Vos con tan rara
manía, os volveréis loco.

SOPLADO. Y sin alguna sustancia,
ni especial utilidad;
¡ved qué diferencia se halla
de vos a mí! ¡Y qué distinto
concepto tienen las damas
de los dos! Vos estudiando
ignoráis cómo agradarlas;
yo con sólo presentarme,
las agrado y me idolatran,
de modo que unas con otras
por mis obsequios se arañan.

MODESTO. Dichoso sois. ¡Ay de quien
con la estrella más contraria,
vive inclinado a quien nunca
se enternece de sus ansias!

SOPLADO. Vos tenéis la culpa, pues
os inclináis a beatas,
que tienen el dar la mano
a un hombre por grave falta
de su recato, por culpa
asomarse a una ventana
sin celosía: ¿visitas
cuando madre no está en casa?
¡Jesús, y qué liviandad!
Eso es ser galán de marras:
amigo, *marcialitate:*

menos amor, y más maulas[4];
menos conceptos, más bulla;
menos decoro, más labia,
o meterse luego fraile,
porque dudo que halléis dama
tan boba, tan doña Elvira,
y de tan poca crianza,
que por quereros de veras,
ponga en opinión la fama
del buen gusto.

MODESTO. ¿Y qué es buen gusto?

ZOILO. Yo os lo diré: una fantasma
que como a los racionales
entes les anima el alma,
a los entes petimetres[5]
anima invisible, para
que se esfuercen a salir
de las jerarquías bajas
de su especie, hasta ocupar
la sublime; y se señalan
estos felices sujetos,
ya en la hechura de las cajas
que llevan, ya en los relojes,
ya en la conducción gallarda
del aire de la figura,
ya en la guarnición extraña

---

[4] Maula: engaño.
[5] Petimetre: persona que cuida demasiadamente de su compostura y de seguir las modas.

y colores del vestido;
ya, finalmente, en la gracia
inconcusa con que se hacen
preferir de las muchachas.

SOPLADO. Eso es lo cierto: vos nunca
me disputaréis la palma.
El espadín.

MODESTO. Mucho siento
tengamos tan encontradas
opiniones; pero, amigos,
ésa es una faramalla
de ociosidad peligrosa;
y quien las mira con casta
intención, evitar debe
con razón cuerda y cristiana,
el riesgo de que le engañen,
y el delito de engañarlas.

SOPLADO. Quien tenga dinero suelto,
*(Mirándose al espejo.)*
dele medio real de plata
por la plática.

MÓNICO. ¿Y adónde
vais desde aquí?

SOPLADO. Si tocaran
por ahí a misa, la oyera
primero, si no haré varias
visitas hasta la una,
que entonces, aunque sea larga
en el Buen-Suceso, como
hay concurrencia tan varia,

está un hombre divertido.

MÓNICO. Vamos todos de reata
a presentar al amigo,
a las hijas, y madama
de don Simplicio.

SOPLADO. Es verdad;
y amigo, hay una que canta
grandemente.

ZOILO. ¡Grandemente!... *(Burlándose.)*
Al que viene de la Italia
hecho a oír aquellas orquestas,
que en la menor serenata
hay cuatrocientos violines,
ciento y dos trompas de caza,
cien oboes y ochenta bajos,
¿qué efecto queréis que le haga
una mujer?

MODESTO. Ser mujer
española la que canta.

TODOS. Vamos allá.

SOPLADO. Tararira,
ponte al instante la capa
y llévalas esas flores.

*(Vanse.)*

TARARIRA. Haráse como lo manda;
pero antes es menester
lavarme también la cara,
y rociar todos los trapos.
Vamos adentro, Panarra,
me ayudarás a vestir.

LACAYO. Yo me voy ahora a la plaza
por los postres.

TARARIRA. Es preciso
componernos, que en la casa
del tamborilero, todos
saben danzar la pavana.

*Vanse, y cayendo otro telón de salón, que desfigure la primera escena, sale* DOÑA TECLA *de petimetra.*

TECLA. Milagro es que me han dejado
sola este rato siquiera
para estudiar la tonada:
voy ahora a ver qué tal suena
en el clave, porque aquí
sale mi padre, no sea
venga con alguna de
sus muchas impertinencias.

*Vase, y sale* D. SIMPLICIO, *en bata y gorro, los zapatos en chancleta, una media negra puesta, y cosiendo la otra.*

SIMPLICIO. Más que la de San Francisco
es larga la tal carrera;
y el punto está, en que ha tres
horas
que el punto final no llega;
mas ya he perdido la aguja;
voto a la... que no hay paciencia

para sufrir tanto, y eso
que yo la tengo tremenda.
¿Juana?

*Sale* DOÑA VERÓNICA *cosiendo una cinta a una venera*[6].

VERÓNICA. ¿Qué a Juana quieres?
SIMPLICIO. Que me componga esta media,
que ya me canso.
VERÓNICA. No puede,
que está ocupada allá fuera
con aquel mozo paisano,
que suele venir a verla,
y rabiará si la llaman.
SIMPLICIO. Pues, mujer, dame cualquiera
aguja, y proseguiré.
VERÓNICA. Por milagro hallé yo ésta.
SIMPLICIO. ¿Y qué es lo que estás cosiendo?
VERÓNICA. Una cinta a una venera
de un amigo.
SIMPLICIO. ¡Qué bonita!
*(Acercándose.)*
¡Hola! ¡Ésta parece nueva!
VERÓNICA. ¡Qué lerdo eres! Más de cien
veces se la has visto puesta.
SIMPLICIO. Soy hombre de vista gorda:
no riñas por eso. ¿Tecla?

[6] Venera: insignia distintiva que traen pendiente al pecho los caballeros de cada una de las órdenes.

*Sale* DOÑA TECLA, *embelesada, leyendo un papel de seguidillas.*

TECLA. Es en glorias pasadas *(Leyendo.)*
el pensamiento,
unas veces verdugo
y otras consuelo.
Y en las futuras,
a veces esperanza,
y a veces duda.

SIMPLICIO. ¡Tómate, qué embelesada
sale esotra en su leyenda!
¿Tecla, no oyes que te llamo?
*(Recio.)*

TECLA. No lo oigo: ¿qué nos vocea
usted? Y será todo ello
al cabo una friolera.

SIMPLICIO. ¡El agrado que tú gastas
con tu padre, es cosa bella!
Cóseme esta carrerita.

TECLA. Tómate: ¿y para eso eran
las voces? Estoy ahora
divertida en estas nuevas
seguidillas, y no puedo.

SIMPLICIO. ¡Es razón que me hace fuerza!
Dame aguja, y yo lo haré.

TECLA. Con mucho gusto, a tenerla;
pero ni aun sé dónde para
la almohadilla.

*Sale* DOÑA PLÁCIDA *con un legajo de comedias en la mano.*

PLÁCIDA. ¿Qué comedia
de éstas, madre, es la mejor?

VERÓNICA. ¿A ver qué títulos? Ésta,
que tiene gran travesura
de lances, y toda ella
es un arte de requiebros:
ahí veras, qué estratagemas
se aprenden para engañar
a un viejo padre, que vela
el caro honor de sus hijas,
y luego, a pesar de rejas
y llaves, ¡con qué primor
a sus padres se la pegan!

SIMPLICIO. No se le escapará nada,
que la muchacha no es lerda.
¡Es capaz de traer al
retortero dos docenas!
Plácida, dame una aguja,
para coser esta media.

PLÁCIDA. ¡Ay, padre, mal viene usted!
¿Yo aguja? Desde la feria
pasada, que a don Pepito
le puse una escarapela
en el sombrero, no sé
ni si las hay en la tienda.

SIMPLICIO. Éste es el diablo, que quiere
que yo pierda la paciencia;

pues no ha de ser, aunque salga
hoy a la calle en calcetas.

TECLA. «Oyes, Plácida, repara, *(Aparte.)*
»qué dada está a la tarea
»madre.»

PLÁCIDA. ¡Tómate! ¡No es cosa!
¡Todo su talento emplea
en rizar aquella cinta!

TECLA. Bien la merece la pena.

VERÓNICA. ¡Si voy yo a las habladoras!...

PLÁCIDA. Señora, son cosas nuestras.

SIMPLICIO. Déjalas que hablen, mujer.
¿Chicas, tengo yo otras medias?

TECLA. Mire usted si la criada
las tiene acaso compuestas.
¿Juana?

CRIADA. *Sale.*

CRIADA. ¿Qué Juana, señores?
¡No estamos con mala flema,
y nadie ha oído misa en casa!

SIMPLICIO. ¿Pues que es hoy día de fiesta?

VERÓNICA. Despacha y ve tú primero,
que sobrado tiempo queda.

TECLA. A la una aquí en la parroquia
hay misa; pero es eterna.

CRIADA. Voy a echarme la basquiña,
*(Llaman.)*

y a ver quién llama a la puerta.
*(Vase.)*

TARARIRA. *Sale con ramos de flores.*

TARARIRA. Señoras, bésoos los pies:
a traer esta primavera
vengo de parte de mi amo.

VERÓNICA. ¿Señor Tararira, era
hora de vernos?

TARARIRA. ¿Pues cuándo
Tararira no está en esta
casa, sino en realidad,
*in mente*?

TECLA. Grandes fachendas
tiene vuestro amo.

*Salen los cuatro caballeros,* y D. SOPLADO *delante.*

SOPLADO. ¡Dichoso
quien a tan buen tiempo llega
que oyó en tus labios su
nombre!
«¡Y dirán que el leer comedias
*(Aparte.)*
»no es útil! Este concepto
»a fe si viene a la letra.»

LOS CUATRO. Señoras, a vuestros pies.

LAS DAMAS. Señores, a la obediencia.

VERÓNICA. Tecla fue la que os nombró.

TECLA. Pues no la creáis fineza,
que nos tenéis enfadadas.

VERÓNICA. Muy tonta eres en dar quejas
a nadie, que el que quisiere
venir, ahí tiene la puerta;
pero nunca echamos menos
al que no viene.

MODESTO. «Embustera,
*(Aparte.)*
»que a todos dice lo propio,
»y es envidia manifiesta
»a aquellas casas adonde
»son norias las escaleras,
»y arcaduces los galanes,
»que unos salen y otros entran.»

SOPLADO. Señoras, ustedes digan
lo que gusten; pero vean
si es suficiente disculpa
de tardar hoy la asistencia
a este amigo, que ayer vino
de París.

ZOILO. Con buena estrella,
pues no bien pisé del puerto
las suspiradas arenas,
cuando mi dicha al alcázar
de las tres gracias me lleva.

VERÓNICA. Vos seáis muy bien venido,
que ya habéis dado la muestra
de vuestro mérito.

LAS DOS NIÑAS. Ved

si hay en qué serviros pueda
esta casa.

TARARIRA. Esto se llama
mueble nuevo.

MÓNICO. Aunque no es ésta
mi casa, con el favor
que sus dueños me dispensan,
en ella y en mi posada
podéis mandar.

SIMPLICIO. Mis ofertas,
caballero, valen poco
en esta casa, pues de ella
sólo sé que soy el dueño
cuando el casero me llega
a pedir el alquiler;
pero al fin, propia o ajena,
la ofrezco, *sub conditione*,
que mi mujer lo consienta.

SOPLADO. ¿Qué hacéis, señor don
Simplicio?

SIMPLICIO. En coser esta carrera
me divertía, y perdí
la aguja.

VERÓNICA. Pues tomad ésta...

SIMPLICIO. Dios te lo pague.

VERÓNICA. Que yo
ya acabé esta friolera.

MÓNICO. Ya conozco esa alhajita:
*(Señalando la cinta que cosía Verónica.)*

¿y adónde está el dueño de ella?

VERÓNICA. Fuera de Madrid.

MÓNICO. ¿Pues cómo
ha conseguido licencia?

PLÁCIDA. Ha de volver esta tarde,
y salió a las ocho y media,
esta mañana.

VERÓNICA. ¡Si no,
seguro está que saliera!

TECLA. Madre, mire usted que es tarde.

VERÓNICA. De recibiros de priesa
y en esta pieza de paso,
por hoy la disculpa sea
el que no hemos oído misa.

SOPLADO. ¡Jesús, y qué arco de iglesia!
Del mismo color estamos
los tres; pero a bien que cerca
la tenemos a la una.

PLÁCIDA. Apenas tiempo nos queda
de ponernos las basquiñas.

SOPLADO. Veréis cómo se remedian
tan grandes inconvenientes.
*(Vase.)*

PLÁCIDA. Venga usted aquí, Juanenreda,
¿qué va usted a hacer?

SOPLADO. Al instante *(Dentro.)*
voy allá con la respuesta.

SIMPLICIO. El tal don Soplado es
muchacho de gran viveza.

*Sale la* CRIADA *de mantilla con el* MAJO, *y tocan dentro.*

CRIADA. Señores, el primer toque:
no hay que descuidarse.

PLÁCIDA. ¡Ah, perra!
¡Qué bravamente has pelado
la pava!

CRIADA. Su horita y media;
desquítense luego ustedes.

MAJO. Vaya dos horas de arenga,
verás qué breve te dejo.

CRIADA. Vaya, hijo, no te enfurezcas,
que esto está acabado.

VERÓNICA. Digo,
*(Al Majo.)*
venga usted con su vihuela
esta noche, que ser puede
que algunas amigas vengan,
y se baile un rato.

MAJO. Bien,
se hará como usted lo ordena:
vamos, chica, ¡brava loca
es tu ama!

CRIADA. Se la lleva
el diablo cuando a las hijas,
o a mí alguno nos festeja.

MAJO. ¡Mujer extraña!

CRIADA. No tal, que
hay otras muchas como ella.

*Vanse los dos, y sale* D. SOPLADO *con tres basquiñas y tres mantillas.*

SOPLADO. Caballeros, cada uno
le sirva de camarera
a una señora, y así
despacharemos apriesa.

MÓNICO. Venga aquí la de madama.

VERÓNICA. Ésta es.

ZOILO. Ya que me franquea
la suerte casualidad
tan feliz, delito fuera
no lograrla.

TECLA. Me conformo:
que aquí no somos de aquéllas,
que lo mismo que apetecen,
fingen que lo menosprecian.

SIMPLICIO. ¿Qué basquiña llevas, hija?

VERÓNICA. ¿Qué necesitas tú verla?
Afuera, que hace calor:
los parientes una legua.

PLÁCIDA. ¿Qué milagro es que os dignáis *(A Mónico.)*
de hacer tan grande fineza
conmigo? Ved que mi madre
quizá formará una queja
de este obsequio, que tan mal
en servirme a mí se emplea.

SOPLADO. Señorita, un hombre solo
para tantas incumbencias

es poco, y es fuerza que obre
en algunas con tibieza.

VERÓNICA. Don Soplado, una palabra:
¡bravamente se aprovechan
los instantes!

SOPLADO. ¿Ignoráis
que a Dios hemos de dar cuenta
de los instantes ociosos?

MODESTO. ¡Y qué bien que los emplea!

VERÓNICA. ¿Qué sujeto es ese abate?
¿De aquellos que se adocenan
en la estimación?

SOPLADO. Señora,
vos le hacéis una tremenda
injusticia: este sujeto
ha ido a estudiar las ciencias
a las cortes: trae secretos
para disimular pecas
del rostro, limpiar blondinas[7],
quitar manchas, lavar medias,
y otros grandes intereses
de la nación.

MÓNICO. La pulsera,
*(Quieto.)*
que se la ha caído a madama.

SOPLADO. Perdonad la inadvertencia.

TARARIRA. »¿Don Modesto, cómo ahora,
*(Aparte los dos.)*
»sobre llevarse la prenda,

[7] Blondina: blonda estrecha. (Blonda: encaje de seda.)

»no se tiran los galanes?»
MODESTO. «La culpa tienen aquellas
»que han puesto en tan bajo precio
»los favores, que cualquiera
»puede haberlos, y las cosas
»se estiman conforme cuestan.»
TECLA. Señor abate, mil gracias.
ZOILO. Mandad cuanto se os ofrezca,
que aunque soy abate, no
soy inclinado a la iglesia.
*(Tocan dentro.)*
SIMPLICIO. Hijas, el segundo toque.
VERÓNICA. ¿Quién la mantilla me echa?
TECLA. ¿Quién me tira esta basquiña?
PLÁCIDA. ¿Quién un rosario me presta,
que no sé dónde está el mío?
SOPLADO. Ahora un libro cualquiera
es más moda que el rosario.
PLÁCIDA. No tengo.
ZOILO. Para una urgencia
la Guía de forasteros
basta. *(Dásela.)*
VERÓNICA. Tú en casa te quedas
*(A D. Simplicio.)*
y si tarda la criada,
echa al puchero la especia,
y di a quien venga que espere,
que a la misa de una y media
o de las dos puedes ir.

SIMPLICIO. Voy a ponerme las medias,
y a obedecerte.

TARARIRA. ¿Podrá
ser verdad esta comedia?

MODESTO. «Yo no lo sé: lo que es cierto
*(Aparte.)*
»que va la crítica a tientas;
»el cogido calle, y diga
»el que no, que ande la rueda.»

*Vanse los petimetres agarrados de las manos de las damas, detrás burlándose* D. MODESTO *y* TARARIRA, D. SIMPLICIO *por el otro lado, y se da fin.*

# La Plaza Mayor

## PERSONAS

| | |
|---|---|
| D. ANTONIO, *marido de* | BAUTISTA, *confitero.* |
| DOÑA LUISA, *obsequiada de* | CAMPANO, *pavero.* |
| D. FLORENCIO. } *Petimetres* | RAFAEL, *mozo de cordel.* |
| D. ANSELMO. } *Petimetres* | TERESA, *criada.* |
| D. TEODORO. } *Petimetres* | OLAYA. } *Verduleras.* |
| D. PETARDO, *estudiantón.* | LORENZA. } *Verduleras.* |
| DOÑA ANA, *beata, madre de* | JOAQUINA. } *Fruteras.* |
| UNA NIÑA. | SIMONA. } *Fruteras.* |
| D. JAIME, *mercader.* | UN PRENDERO. |
| ALFONSILLO, *horterilla.* | UN CIEGO, *que habla.* |
| MANOLO. } *Majos*[8]. | OTROS CIEGOS. |
| PEPA. } *Majos*[8]. | UN ALGUACIL. |

La escena es en la Plaza Mayor de Madrid.
Calle o selva.

[8] Majo: dícese de la persona que en su porte, acciones y vestidos afecta un poco de libertad y majeza, más propia de la gente ordinaria que de la fina.

*Salen* D. ANSELMO *y* D. TEODORO *de capas y sombreros, con peluquines, cada uno por su lado, y el primero se pasa de largo.*

TEODORO. ¿Digo, amigo, don Anselmo?
¿Pues cómo de esa manera
pasáis sin decir palabra?

ANSELMO. Perdonad la inadvertencia
de no haberos conocido.

TEODORO. Sin duda lleváis la idea
preocupada.

ANSELMO. No por cierto:
antes como no hay comedias,
pensando iba en qué pasar
la tarde.

TEODORO. ¡Gentil simpleza!
¿Hombre, pues hay tarde alguna

tan divertida como ésta,
yendo a la Plaza Mayor?

ANSELMO. Así es: si por vos no fuera
me perdía ese buen rato.

TEODORO. El modo de que lo sea,
es que vamos los dos juntos
a observar lo que allí entra
y sale, y reírnos de todo.

ANSELMO. Como algún lance no venga
casual, en que sea preciso
que aflojemos las pesetas
y se rían de nosotros,
pues donde hay tontos que
vendan,
algunos habrá que embistan.

TEODORO. ¿Hombre, quién se divirtiera
en el mundo si pensase
primero en las contingencias?
Vamos allá.

ANSELMO. Deteneos,
que viene allí la Teresa,
que sirve a vuestra vecina;
la diremos dos chufletas
al paso.

TEODORO. ¡Dejadme a mí,
veréis qué rato de fiesta!

*Sale* TERESA *de basquiña y mantilla muy deprisa.*

TERESA. ¿Saben ustedes qué hora es?

TEODORO. ¿Adónde vas tan de priesa,
Teresa?

TERESA. Hacia la plaza,
a dar corriendo dos vueltas,
y ver qué hay allí de bueno:
que pedí sólo licencia
a mi ama, por un instante
para llegarme a una tienda
a comprar una camisa,
y fui a una diligencia
primero junto al hospicio;
después a ver una vieja,
que de cuantos he servido
me llevó a las conveniencias,
y vive en el Lavapiés:
desde allí fui a la puerta
de Toledo a dar las pascuas
a una ama, porque me diera
algo, y había salido;
pero el amo, que me aprecia
me ha regalado tres libras
de chocolate, unas velas
de cera, dos pesos gordos
y una caja de jalea.

TEODORO. ¡Oh! ¡No se ha perdido el viaje!

ANSELMO. ¿La verdad, y en qué se piensa
emplear ese dinerillo?

TERESA. En unos guantes de seda
blancos, y si encuentro al paso
algún buen retal de seda

de color de oro, pues los
mauleros están tan cerca,
haré zapatos de moda.

ANSELMO. ¿Pues di, muchacha, no fuera
mejor comprar tres camisas?

TERESA. En teniendo dos con buenas
mangas, para quita y pon,
está de más la tercera.
Tenga una mujer buen guante,
buen zapato, buena media,
mantilla limpia y basquiña
bien plegada y algo estrecha,
que en la calle sólo luce
lo que se ve por de fuera.

LOS DOS. Dice bien.

TERESA. A Dios, señores,
que no quiero que me vea
ese estudiante.
*(Lo dice por D. Petardo que asoma.)*

TEODORO. Pues marcha,
y allá junto al peso espera,
que tenemos que decirte.

TERESA. Como ustedes presto vengan,
bien está. *(Vase.)*

LOS DOS. No tardaremos.

TEODORO. ¡La muchacha es linda pieza!

ANSELMO. ¡No es mala la que se sigue!

D. PETARDO *sale hablando entre sí.*

D. Petardo. ¡Que haya quien se dé a las letras
y no se dé a los arbitrios,
sabiendo cuánto granjea
más que aquél, porque merece,
el otro porque se ingenia!
Para el infaliz no hay pascuas;
para el feliz no hay cuaresma;
sin memoriales al rico,
la gual ofrece hoy mil mesas:
y al memorial de los pobres
aun los desperdicios niega.
Mil ruines comen en plata,
mil nobles en Talavera;
los agentes visten de oro,
los ministros de bayeta.
En peinados y sombreros
todas las plumas se emplean,
y así andan tantos y tantas
que las merecen sin ellas.
Vámonos hacia la Plaza
a satisfacer en ella
el hambre de olfato y vista,
ya que el gusto lo carezca.

*(Vase.)*

*Sale* PEPA *de maja con* MANOLO *de majo, atravesando.*

Pepa. A la vuelta pasaremos

por en casa de la Petra,
porque vaya a acompañarnos.

MANOLO. Hablaremos a la vuelta.

PEPA. No te olvides de comprar
las pasas.

MANOLO. Aunque no tengas
buena memoria, no importa:
si alguna vez no te acuerdas
de andar el camino, yo
te lo acordaré, y de priesa.

PEPA. Oyes, me dijo la Alfonsa
llamásemos a su reja
cuando vamos a la misa
del Gallo.

MANOLO. Sea enhorabuena;
y yo no dudo que tú,
como mujer tan atenta,
dirías que sí.

PEPA. Claro está:
suponiendo tu licencia.

MANOLO. ¡Cómo esas suposiciones
tienes tú que me degüellan!
Pero es el día que es, y basta.

PEPA. Pero hijo...

MANOLO. Arrea;
vamos en paz a la plaza
a comprar cuatro miserias
para colación, que luego
se ajustarán esas cuentas.

*(Vase.)*

ANSELMO. ¿Usted no ve qué figuras
pasan?

TEODORO. En tarde como ésta
cada paso es un asunto
para hacer una comedia.

*Sale* DON ANTONIO *de capa y gorro, seguido de* RAFAEL *con un esportillo.*

RAFAEL. Ya llevamos cuatro viajes.

ANTONIO. Y llevaremos cuarenta,
si no cargas de una vez
con toda la plaza a cuestas;
porque mi mujer parece
que piensa dar una mesa
de cien cubiertos según
las prevenciones ordena.

ANSELMO. Eso me parece bien,
señor don Antonio.

ANTONIO. Éstas
son pensiones de casado,
amigos, y aunque molestas,
hay ciertas costumbres, que
se han de observar a la letra.
Mi mujer conoce todo
el nervio de la etiqueta,
y sabe que a la tertulia
que todo el año frecuenta
una casa, se le da
de cenar la Nochebuena

y mañana de comer.
Yo en unas cosas como éstas
no gusto de quedar mal;
y así por mi mano mesma
siempre hago las prevenciones:
mandad, que antes que anochezca
quizá tendré que volver
por algunas bagatelas.

*(Vanse.)*

TEODORO. ¿Qué renta tiene este hombre?

ANSELMO. Poca; pero aunque tuviera
mucha, el que llena en la Plaza
esta tarde cuatro espuertas,
y a su tertulia le da
un baile en carnestolendas,
con lo que le sobra este año
no hará el que viene la fiesta.

*Sale* DOÑA ANA DE ZÁPALOS *de beata, con manto, con* UNA NIÑA.

ANA. ¿Quién te dijera, doña Ana
de Zápalos, cuando eras
el asombro de la corte
por tu pico[9] y tu belleza,
llegara tiempo en que tú,
con todas tus reverendas,

[9] Pico: facundia y facilidad en la expresión.

a pie, con poco dinero
y manto prestado, fueras
por escarola a la Plaza?
El consuelo que me queda
es que mientras que lo tuve,
en músicas y meriendas
se esparramó alegremente,
y no hay quien quitarme pueda
lo holgado.

NIÑA. Cómpreme usted,
madre, una libra de peras.

ANA. Eso me lo has de decir
solamente cuando veas
que estoy parada con gentes,
y si acaso no nos ruegan
llora y grita.

NIÑA. Es que tengo hambre,
y el hambre no tiene espera.

ANA. ¿Quién te dijera, doña Ana
de Zápalos, que las mesmas
amigas que rellenaron
los buches y faltriqueras
a tu costa, en tales días,
hoy con la puerta te dieran
en los ojos? ¡Qué mal hace,
quien, sin saber dónde, siembra!

NIÑA. Madre, ¿a quién he de pedir
el aguinaldo?

ANA. Al que veas
que se para con nosotras.

*(Vanse.)*

ANSELMO. Digo: ¡Conoce usted aquélla?

TEODORO. Sí; pero tal está, que
es milagro conocerla.

ANSELMO. Hombre, vamos a la Plaza.

TEODORO. Dejad, a ver quién es ésta
que viene.

*Salen* DOÑA LUISA *de petimetra de mantilla, y* D. FLORENCIO *de petimetre de capa.*

LUISA. Es una locura
que usted a la Plaza venga
conmigo: bastaba el paje.

FLORENCIO. Quedó limpiando las mesas,
señora: además que yo
sólo con dar media vuelta
a la Plaza me impondré
de todo cuanto hay en ella.

LUISA. Por Dios, que me dejéis bien.

FLORENCIO. El modo de que eso sea
es decir a don Antonio
no empiece con las fachendas
de marido, que me deje
a mí y a las cocineras.

LUISA. ¡Oh! Él no se meterá en nada,
como usted se lo prevenga.

FLORENCIO. Y luego, ¡si no lo entiende!
¡Tres o cuatro viajes lleva
hechos, y faltan mil cosas!

LUISA. Ya le he dicho que volviera
al instante con el mozo.

FLORENCIO. ¡Ya veréis qué bien dispuestas
ensaladas! Cuatro veces
os he de cubrir la mesa.

ANSELMO. Ésta es la mujer de aquel
que antes pasó.

TEODORO. ¿Y la corteja
ese otro?

ANSELMO. ¿Pues quién lo duda?
Y apuesto a que hace la cena
él por su mano, la sirve,
y después los platos friega.

LOS DOS. Vamos tras ellos, que el rato
es lástima que se pierda.

*(Vanse.)*

*Se descubre la Plaza en la conformidad que se ha dicho:*

CORO. Al jardín opulento del gusto,
donde ofrece sus frutos la tierra,
donde el aire tributa sus aves,
do se sacian las mismas ideas,
en carnes, en frutas,
en dulces y yerbas,
lleguen, lleguen, lleguen,
vengan, vengan, vengan,
pródigos, tacaños, prudentes, golosos,
pues hay para todos comercio
en la feria.

OLAYA. ¡Coliflores y apios!
JOAQUINA. ¡Cascajo[10] y camuesas!
CAMPANO. ¿Quién un pavo compra?
BAUTISTA. ¡Turrón y jalea!
CIEGO. ¡A los villancicos,
que ya pocos quedan!

*Sale* TERESA.

TERESA. ¿Tiene usted, aunque usted perdone,
*(Al Prendero.)*
algún pedazo de tela
de color de oro encendido?
PRENDERO. ¡Aquí lo tiene usted, perla!
TERESA. ¿Y cuánto vale?
PRENDERO. Por ser
para usted, cuatro pesetas.
TERESA. ¡Qué caro! ¿Quiere usted dos?

*Sale* ALGUACIL.

ALGUACIL. ¡Dios guarde a ustedes, mis reinas!
LORENZA. A la orden, señor menistro;
¿tiene usted en las faltriqueras
algún pañuelo de sobra?
ALGUACIL. Aunque sea media docena
traigo al servicio de usted.
LORENZA. Perdone usted la llaneza,

---

[10] Cascajo: conjunto de frutos de cáscara seca, nueces, avellanas, castañas, piñones, etcétera.

y tome estas dos lombardas.

ALGUACIL. ¿Y cuánto he de dar por ellas?

LORENZA. Ya están pagadas.

ALGUACIL. ¡Qué viva!

LORENZA. ¡Cuidado con la Quiteria,
que es una buena muchacha,
y es lástima que se pierda,
por lo que otras no se pierden!

ALGUACIL. Si la parte no pidiera,
ya lo hubiéramos compuesto,
mas se hará lo que se pueda.
¿Coliflores hay muy pocas?

LORENZA. Nadie las tiene tan buenas
como la Olaya.

OLAYA. Por tales *(Con seriedad.)*
las he pagado en la huerta.

ALGUACIL. ¿Y a cómo valen?

OLAYA. A duro.

ALGUACIL. ¡Muy duras están!

OLAYA. Cocerlas
bien y pagarlas mejor,
estarán al comer tiernas.

ALGUACIL. ¡Qué blancas!

OLAYA. Como la leche.

ALGUACIL. Y grandes. *(Tocándola.)*

OLAYA. Las manos quedas.
*(Sacudiéndole.)*

ALGUACIL. Hoy está de mal humor.

OLAYA. No tal: es una advertencia,
porque manoseada puede

marchitarse hasta la berza.

*(Vase el Alguacil a otro lado.)*

TERESA. ¿Quiere usted los nueve reales?
Si no a Dios, que en cualquier tienda
se hallan zapatos a pares.

PRENDERO. Lo último es las tres pesetas.

TERESA. No doy más.

PRENDERO. Venga usted aquí.

TERESA. Prestito, que estoy de priesa.

LORENZA. ¡Que no dieras el menistro
una coliflor siquiera!
¡Mujer, qué mal genio tienes!

OLAYA. Como hay Dios, ¡lástima fuera!
y llevársela a su casa.
¡Mira tú qué cuatro piezas
de a ocho le debo! Además,
que el que regala su hacienda
no ha menester mayordomo.

*Sale* ALFONSILLO *de hortera, con unas lechugas.*

ALFONSILLO. Olaya, que estoy de priesa.

OLAYA. Prestito y en plata.

ALFONSILLO. Dice
mi ama, ¿con qué conciencia
da usted tan pocas lechugas
por dos cuartos? Que son éstas
malas, y quiere cogollos
apretados, o me vuelva
usted el dinero.

OLAYA. Muchachas,
¿habéis oído la arenga
de este parroquiano? Dile
a tu ama, que con la mesma
que ella dos doblones de a ocho,
gano yo acá dos pesetas,
y que por poco dinero
no me dan a mí en su tienda
mucho y bueno.

ALFONSILLO. Vaya usted
y dígale lo que quiera,
y deme a mí mis dos cuartos.

OLAYA. Tómalos.

ALFONSILLO. Venga otra pieza
mejor.

OLAYA. ¿Cuánto va que te
agarro de la talega
y llegas volando a casa?

ALFONSILLO. ¡Como yo agarre una piedra!...

*(Van pasando las figuras que salieron en la introducción, y deben proporcionar sus diálogos cuando estén delante.)*

BAUTISTA. ¡Turrón bueno de Alicante!

SIMONA. ¡Mocitas, a mis camuesas!

JOAQUINA. ¡Al cascajo, que se acaba!

CAMPANO. ¡Al pavo de arroba y media!

RAFAEL. ¿Quién llama al mozo?

CIEGO. A dos cuartos,
se venden las coplas nuevas.

PEPA. ¿Con que en efecto, Manolo,
te has encerrado en el tema
de que hemos de estar solitos,
a cenar?

MANOLO. Es conveniencia
del bolsillo y la salud.
Mira; se pone la mesa
con lo poco o mucho que hay,
y arrimando dos silletas,
yo enfrente de ti, y tú enfrente
de mí; a este lado la vela,
la servilla a este otro lado;
en el suelo las botellas,
y va trayendo la moza
la vianda: se conversa

un rato; se bebe siempre
que los gaznates se secan,
o se atraviesa el bocado;
si empalagan las menestras,
a la izquierda está la fruta,
y el cascajo a la derecha;
se hace boca al hipocrás[11],
y sin voces ni etiquetas,
cenamos como señores.
Si quieres de esta manera,
lo dicho dicho; y si no
por seis u ocho callejuelas
tiene salida la Plaza,
múdate por una de ellas,
y larga vida, que yo
no gusto de bromas, Pepa. *(Vanse.)*

PETARDO. ¡Por las nubes está todo!
Hombre veo que se deja
cien reales, y él solo puede
cenarse lo que se lleva.
Mas don Anselmo, un amigo,
viene, veamos si pega,
y me convida... Señor...

ANSELMO. Estoy a vuestra obediencia,
amigo.

PETARDO. ¿Y dónde esta noche
celebráis la Nochebuena?

ANSELMO. En casa.

[11] Hipocrás: bebida hecha con vino, azúcar, canela y otros ingredientes.

PETARDO. Eso me parece.
Me han convidado en diversas
partes, mas de cumplimiento;
y yo sólo apeteciera,
cenar con un par de amigos.
ANSELMO. Pensáis con mucha prudencia.
TEODORO. Despedíos de ese pelmazo,
que he visto allí la Teresa.
ANSELMO. Señor licenciado, a Dios,
que vamos algo de priesa.
PETARDO. Ésta no pegó: apelemos
a otros lances, y paciencia.
ANA. ¿Quién te dijera, doña Ana
de Zápalos, que anduvieras,
día en que desperdiciaste
tonta, sin tener apenas
colación para esta noche?
Mas con aquella frutera
está mi vecino. ¿A cómo
se venden las esperiegas?
ALGUACIL. ¿Señora doña Ana, usted
por aquí?
ANA. Para que viera
la niña está profusión,
salí un poco, y no me deja
porque algo la compre.
NIÑA. Madre,
yo quiero cascajo.
ALGUACIL. Ea,
¿y adónde lo has de llevar?

ANA. Lo que basta para ella,
si usted nos hace favor,
cabe aquí en la faltriquera.

ALGUACIL. Pues échele a su merced
lo que ajuste de mi cuenta,
y a los pies de usted, que voy
a hacer una diligencia. *(Se retira.)*

JOAQUINA. «¡Esta mujer, por bolsillos *(Aparte.)*
»debe traer dos maletas!»

LUISA. Mientras parece mi Antonio,
nada de vista se pierda
de lo que haya de llevar.

FLORENCIO. Allí tenemos muy bellas
coliflores.

PETARDO. Pensando iba *(A Luisa.)*
en que el tiempo me franquea
la ocasión de visitaros;
pero como hay la etiqueta
de no ir sin ser del convite,
permitid que lo suspenda
hasta mañana.

LUISA. Ú esotro;
que vos de todas maneras
tenéis conmigo cumplido:
quedad con Dios.

FLORENCIO. ¡Bravo pelma
se nos quería encajar!

PETARDO. Yo no sé cómo se ingenian
otros que visten y comen
en Madrid a costa ajena.

| | |
|---|---|
| | ¡Lo que hay que ver en la Plaza! |
| CIEGO. | Ahora hay mucha gente, templa; |
| | *(A los otros ciegos.)* |
| | muchachos a divertirse, |
| | por poco dinero: atiendan. |

*Cantan una copla de una jácara*[12] *nueva que hayan sacado los ciegos al aguinaldo, y sea la más conocida: y sale* D. JAIME, *el mercader y pega de pescozones a* ALFONSILLO.

| | |
|---|---|
| JAIME. | ¿Oyes, hijo de la cabra, |
| | me dejas solo en la tienda, |
| | y te estás embelesando? |
| ALFONSILLO. | ¿Y usted a mí por qué me pega? |
| | ¿Y quién es usted para eso? |
| | ¡Pues si yo se lo dijera |
| | a mi primo, el de la calle |
| | de las Postas! |
| JAIME. | ¡Anda, buena |
| | alhaja! |
| ALFONSILLO. | Estése usted quieto, |
| | o le rompo la cabeza |
| | de un cantazo. |
| JAIME. | ¡Ya verás |
| | en casa lo que te espera! |
| | *(Se entran a golpes.)* |
| TEODORO. | ¿Teresa, dónde has andado? |
| TERESA. | Por la Plaza: dando vueltas |

[12] Jácara: romance alegre en que por lo regular se cuentan hechos de la vida airada.

en busca de ustedes.

ANSELMO. Vaya,
¿quieres ir a la comedia
mañana?

TERESA. ¿Pues por qué no?

TEODORO. ¿Pero te darán licencia?

TERESA. Si no me la tomaré,
con mucho modo: por fuerza
he de ir a misa mañana,
me estaré dos horas; pega
mi ama conmigo, y entonces
la digo dos desvergüenzas,
y me despide.

ANSELMO. Pero eso
es perder la conveniencia.

TERESA. ¡Mira qué tacha! Nosotras,
por ahora, Carnestolendas,
Semana Santa, y aquellos
quince días de la feria,
en no estando en una casa
donde nos den mucha suelta,
nos la tomamos: agur.
Y mañana a la una y media
estoy allá. *(Vase.)*

TEODORO. Bien está.

ANSELMO. Esta noche al amo de ésta
no le queda en el vasasr
un títere con cabeza.

ALGUACIL. ¡Cuidado, que ese turrón,
con exceso no se venda!

ANSELMO. ¿Mi señora doña Ana, de dónde
se viene ahora?

ANA. De una iglesia,
de rezar por mi difunto.

NIÑA. ¿No me da usted una peseta
de aguinaldo?

TEODORO. Sí, hija mía.

ANA. ¡Muchacha! ¡Qué desvergüenza!
Perdone usted, caballero.
Dácala aquí no la pierdas.

ANSELMO. ¿Gusta usted de algo?

ANA. A comprar
iba un manojo de acelgas.

ANSELMO. Lleve usted para ensalada,
señora, y no se detenga.

RAFAEL. ¿Quiere un mozo?

ANA. No, hijo mío,
que para una friolera,
con el bolsillo me basta.
*(Échanla verdura.)*

LORENZA. ¿Son bolsillos o maletas?

*Sale* D. ANTONIO, *y dice al mozo.*

ANTONIO. Sígueme, a ver dónde está
mi mujer, que no quisiera
desazonarla por poco.

PETARDO. A madama he visto buena:
y como sé que esta noche
tenéis grande francachela,

la he dicho que no me espere.

ANTONIO. Y lo pensáis con prudencia.

PETARDO. «¡Malo!» *(Aparte.)*

ANTONIO. Y yo hiciera lo propio,
si irme de casa pudiera:
agur.

PETARDO. Con la colorada.
Esto es ser pobre, ¡paciencia!

OLAYA. No pase usía de largo
si quiere una cosa buena,
señorita.

LUISA. ¡Y decía el otro
que eran todas muy pequeñas
las coliflores que había!

FLORENCIO. Usted, señora, me crea;
los maridos siempre compran
lo más barato que encuentran.

OLAYA. Vaya, ¿cuántas quiere usía?

LUISA. No soy ninguna marquesa,
hija.

OLAYA. No hay nada perdido,
señora, y haga usted cuenta
de que como dijo el otro,
más vale pecar de atenta
la gente: digo, señor,
¿escojo media docena?

FLORENCIO. Vaya, mientras viene el mozo.

ANA. «En tiempo que era soltero *(Aparte.)*
»este don Antonio, era
»mi tertuliano: he de ver

»si de aquel tiempo se acuerda.»
A Dios, señor don Antonio.

ANTONIO. ¡Madama! ¿Venís vos mesma
a hacer vuestra prevención?

ANA. De hacer una diligencia *(Llorosa.)*
que a vos sólo la fiara,
y eso con harta vergüenza:
¿sabe usted quién será empeño?...

CAMPANO. Señores, arroba y media
tiene, y le doy bien barato
por irme antes que anochezca.

ANA. ¿Cuánto queréis?

CAMPANO. Veinte reales.

ANA. ¡Ay, hijo! Es mucha moneda
para un pobre.

ANTONIO. Por eso
no se quedara, si hubiera
quien os le llevara.

ANA. Aquí
cabe en esta faltriquera.

NIÑA. ¡Qué lindo pájaro, madre!
¡Mil gracias! *(Vanse.)*

ANTONIO. ¡Linda postema![13]

PETARDO. ¡La tarde se va pasando,
y no encuentro uno siquiera
que me convide a cenar!
¿Y en una noche como ésta
no he de llenar el jergón?...
Eso niego, que para estas

[13] Postema: persona pesada o molesta.

ocasiones es la maña,
ya que no vale la ciencia;
que *intelectus apretatur,*
dijo un sabio allá en Consuegra.

FLORENCIO. ¿Y cuánto valen las seis?

OLAYA. Mire usted, para la mesa
*(Enseñando las coliflores.)*
de un duque me las acaban
de pagar a tres pesetas;
dé usted a diez reales, que tengo
ya gana de salir de ellas.

FLORENCIO. ¡Jesús, mujer!

OLAYA. ¡Jesús, hombre,
y qué sangre tan ligera!
¡Quien de tan poco se espanta
no es bueno para la guerra!

LUISA. A tres reales.

FLORENCIO. Y aún es mucho.

LORENZA. ¿Querrán los señores berzas?
Vengan usías, que aquí
las hay malas a peseta.

LUISA. No sean desvergonzadas
las cochinas, y agradezcan
a que soy quien soy.

OLAYA. Que suelten
ese reloj, y que enciendan
las luminarias, que pasa
por la plaza su excelencia.

LORENZA. ¡Que si quieres! ¡Coliflores!
¡Y puede ser que esté hecha

a cenar sopas de gato!
ANTONIO. ¿Qué es esto? ¿Es quizás pendencia?
LUISA. ¡Si tú supieras comprar
mejor no me sucediera
esto a mí!
ANTONIO. ¿Pues qué te falta?
FLORENCIO. Yo por ver si se sosiega,
la llevo a casa: usted ajuste
y llévese una docena
de coliflores, diez frascos
de rosoli, diez botellas
de Frontiñán, cuatro libras
de anises y seis de almendras
de garapiña, un barril
de anchoas, cuatro cubetas
de alcaparrón y aceitunas,
y quedará de mi cuenta
que madama se sosiegue
y esté con gusto a la mesa.
LUISA. ¡Cuenta con lo que te han dicho,
que lo has de ver si lo yerras!
ANTONIO. ¡El demonio del cortejo,[14]
como no paga, receta!
El favor que me ha de hacer
usted, señor don fachenda,
es dar más y mandar menos,
o por cualesquiera de estas
calles puede usted marchar,
que en mi casa no gobierna

[14] Cortejo: acompañante galanteador.

nadie sino yo.

LUISA. ¡Pero hombre!...

ANTONIO. ¡Pero mujer! No hay respuesta:
tú conmigo, y usted alón.

ANSELMO. ¿Don Antonio, qué os altera?

ANTONIO. Cosas de un casado que
por su mujer se gobierna. *(Vase.)*

FLORENCIO. Beso vuestros pies, señora:
don Antonio, mandad.
«Esta *(Aparte.)*
»noche estoy descortejado,
»sin cenar y sin pesetas.» *(Vase.)*

*Salen* JAIME *y* ALFONSILLO.

ALFONSILLO. ¡Ay, que me matan!

JAIME. ¡Bribón!
Yo haré que te echen a Ceuta
por ladrón.

TODOS. ¿Qué es esto?

ALFONSILLO. ¡Ay!

JAIME. Que a un volver de cabeza
me ha pillado este bribón
del cajón ocho pesetas.

ALFONSILLO. Señor, son para turrones.

JAIME. Para curarte la brecha
que te he de hacer en los cascos.

TODOS. Déjele.

*(Saliendo de sus puestos y deteniendo a* JAIME *que le pega.)*

ALFONSILLO. ¡Ay madre!
TODOS. ¡Pendencia!
¡La guardia!

PETARDO. Ahora es ocasión,
mientras allí anda la gresca.

(Mientras la bulla, va quitando lo que pueda.)

BAUTISTA. ¡Ay, que me roban! ¡Ladrones!
ALGUACIL. Ténganse: ¿qué bulla es ésta?
BAUTISTA. Siga usted a aquel estudiante.
UNOS. Que me ha robado mi hacienda.
JOAQUINA. A mí me lleva el traidor
mis manzanas y mis peras.
ALGUACIL. ¡Voy tras él, y si lo agarro,

por la calle de Carretas
ha de salir, vive Dios! *(Vase.)*

OLAYA. Por defender al hortera
ha sido esto.

TODOS. Pues a él;
que lo paguen sus orejas.
*(Agarran a Alfonsillo.)*

ALFONSILLO. ¡Ay que me matan!

JAIME. Dejadle,
que él soltará las pesetas
o le ha de llevar el diablo.
Y pues no puede esta idea
aspirar a concluirse,
discreto auditorio, resta...

TODOS. Que por sainete del tiempo
algún indulto merezca.

# Las Castañeras Picadas

# PERSONAS

DOÑA JAVIERA, *carpintera.*
GEROMA, *la Temeraria.* } *Castañeras.*
ESTEFANÍA, *la Pintosilla.*
CEFERINA, *maja.*
DOS VECINAS, *petimetras.*
D. FELIPE. } *Sus cortejos.*
D. LUIS.
EL TÍO MOJIGANGA, *mozo de esquina, viejo.*
D. DIMAS, *alguacil.*
GORITO, *aprendiz de carpintero.*
D. SISEBUTO, *padre de las vecinas.*
EL MACARENO.
DOMINGO, *mozo de esquina* [15].
UNA CRIADA DE LA CARPINTERA.
BLAS TRABUCO, *majo de la Ceferina.*
DOS PETIMETRAS, *madre e hija.*
D. BRAULIO, *petimetre.*
*Varios oficiales de carpintería, músicos, majos, etc.*

[15] Mozo de esquina: mozo de cuerda que se pone en las esquinas para llevar cosas de carga o hacer otro mandato.

*El teatro representa calle con una puerta de casa decente, y reja encima hacia el foro en el lado izquierdo. En el propio lado puerta de taberna, y a la esquina, entre primero y segundo bastidor un puesto de castañera, en que estará el* TÍO MOJIGANGA *sentado. En el propio paraje, enfrente, otro puesto de castañera, en que estará la* PINTOSILLA, *al aire de los fuelles, cantando la seguidilla siguiente.* D. FELIPE *y* D. LUIS, *petimetres, se pasearán hacia el foro, deteniéndose alguna vez a oír la castañera. Alguno de capa, otro mozo ordinario, etc., llegarán a comprar castañas y entrarán en la taberna; a la reja estarán asomadas las dos vecinas petimetras.*

PINTOSILLA. Al aire de mis fuelles, *(Canta.)*
y al de mi garbo,
el mayor edificio
se viene abajo.

Nenguna campa
donde yo campo...
El mayor edificio, etc.
A mis castañas,
que en Madril no se comen
más resaladas.
Donde yo campo
nenguna campa:
que en Madril no se comen
más resaladas.

*Representa.*

A las gordas, a las gordas
y calientes.

DOMINGO. Oyes, ¿cuántas
me das por un cuarto?

PINTOSILLA. Pocas.

DOMINGO. El año pasado daban
ocho.

PINTOSILLA. Yo diez y seis.

DOMINGO. ¿Sí? pues dame un cuarto.

PINTOSILLA. Apara
cinco, y las once restantes
quedan por mi buena cara.

DOMINGO. La mejor de ustedes non
vale las once castañas.
Venga mi cuarto.

MOJIGANGA. Ven. Yo
doy nueve: las cuatro sanas

y cinco podridas.

DOMINGO. ¡Pues
la señora Temeraria
dámelas buenas!

MOJIGANGA. También
yo, que esto ha sido chanza.

DOMINGO. Si quieres entrar a echar
un sobre escrito a la panza
de mediu pliegu, you pagu.

MOJIGANGA. Me ha quedado encomendada
la tienda y no puedo entrar
hasta que venga su ama.

DOMINGO. ¿Dónde fue?

MOJIGANGA. ¡Sábelo el diantre!

DOMINGO. Paréceme que la aguardan
aquellos usías.

MOJIGANGA. No.
Yo creo de mí que andan
tras de la otra.

DOMINGO. ¿Vienes?

MOJIGANGA. No.

DOMINGO. Yo sí. *(Entra en la taberna.)*

MOJIGANGA. Buen provecho te haga.

DOMINGO. Aunque a beber vengu, vengu
*(Al entrar.)*
a negociu de importancia.

FELIPE. ¿Están calientes? *(Llega a la Pintosilla.)*

PINTOSILLA. Y gordas.

FELIPE. Así me gustan. ¿Y cuántas *(Llegan.)*
me das por un duro?

PINTOSILLA. En mi vida
he visto yo tanta plata
junta.

LUIS. ¿Y oro?

PINTOSILLA. Mucho menos.

FELIPE. Yo creí que comerciabas
por mayor, porque ese tren
denota... denota...

PINTOSILLA. ¡Vaya!
¿Qué denota? Acabe usía
de gomitar la palabra,
antes que le meta yo
los dedos de las tenanzas,
y le obligue: ¿qué denota?

FELIPE. Que tienes puesto a ganancias
mucho dinero.

PINTOSILLA. ¿Y qué más?

FELIPE. Hablemos fuera de chanza.

PINTOSILLA. ¿Gusta usía de las gentes
formales?

FELIPE. ¿Pues platicara
yo contigo, a no decirme
tus ojos que eras muchacha
formal?

PINTOSILLA. ¿Sí? Pues formalmente
le digo a usía que basta
de parola, y puede irse
formalmente enhoramala;
que aquí no estamos a chuchos
y sobras de las madamas

de la reja de allí enfrente,
ni quiero que por mi causa
pierdan su fortuna.

LUIS. Cuenta
no salgan a la ventana.
Dice bien.

PINTOSILLA. ¡Qué parroquianos!

FELIPE. Ahora que el padre está en casa
no saldrán.

*Llega el* TÍO MOJIGANGA *en secreto al otro puesto.*

MOJIGANGA. ¿Estefanilla?

PINTOSILLA. ¿Qué?

MOJIGANGA. ¿Te han comprado castañas
ésos?

PINTOSILLA. No.

MOJIGANGA. Pues ni tampoco
se las des si no las pagan:
que por no trocar un duro,
las suelen llevar fiadas,
y no vuelven.

PINTOSILLA. Será olvido.

MOJIGANGA. Como todas las mañanas
se acuerdan de visitar
a la hora señalada
a las vecinas, pudieran
acordarse de la paga.

PINTOSILLA. Pedírselo.

MOJIGANGA. ¿Cómo? ¿A un
señor con capa de grana

y dos relojes, pedirle
quince cuartos de castañas
que debe a un mozo de esquina?

PINTOSILLA. No tal, que tienes la plaza
de apoderado y mancebo
mayor de la Temeraria.

MOJIGANGA. Y con mucha honra.

PINTOSILLA. Y provecho.

MOJIGANGA. Cabal: quizá no fumara
yo, ni crédito tuviera
para beber vino en tantas
tabernas, y las mejores,
si ella no me lo abonara.

PINTOSILLA. Debe de haberla caído
hoy mucho que hacer, que tarda.

MOJIGANGA. Está la tarde fresquilla:
además que no hace falta,
en quedando la ofecina
a mi persona encargada.

*Sale* TEMERARIA *de majota con mantilla.*

TEMERARIA. ¿Por qué está aquel puesto solo?

MOJIGANGA. Ahora mismo me apartaba.

TEMERARIA. ¿A qué?

MOJIGANGA. A decir a esta chica
una cosa en confianza.

TEMERARIA. ¿Y de cuándo acá es vesita
de la señora? Si pasa
otra vez a la otra cera...

PINTOSILLA. No se le pegará nada
malo.

TEMERARIA. Ni tampoco bueno.

PINTOSILLA. Si es güeno el humo y la grasa
de la tarángana frita,
y el mosto de las tinajas,
no se le pegará, porque
fuera de pringue, que mancha
por acá.

TEMERARIA. Provocación;
pero no tengo ahora gana
de reñir contigo.

PINTOSILLA. Avisa
luego que te dé, y señala
hora en que no me incomode,
o no esté desafiada
de otra, que no he de privarle
a ella de las bofetadas
que le tenga prevenidas,
por hacerte a ti esa gracia.

TEMERARIA. ¿Pintosilla, has reparado
en la mujer con quien hablas?

PINTOSILLA. ¡Mucho! Nada menos que a
Geroma la Temeraria,
por mal nombre y peor lengua,
castañera de portada
de taberna.

TEMERARIA. Por lo menos
tengo tienda señalada,
soy del número, y estoy

como tal matriculada
en el gremio; pero tú
eres supernumeraria
y castañera de esquina,
que si el amo de la casa
quiere, te echará esta tarde
del puesto.

PINTOSILLA. ¿Cómo?

TEMERARIA. A patadas.

PINTOSILLA. ¿A mí? ¿Y el amo? ¿Discurres
que también éstas son tapias
de taberna?

TEMERARIA. No había visto
el cañón de hoja de lata,
la alfombra de esparto, y que

estás con las dos mamparas,
y el techo en un gabinete
conforme a tus circunstancias.
¡Anda fuera chimenea
y gabinete!

PINTOSILLA. Naája,
anda fuera, y dale un beso
a mi vecina en la cara.
*(Hace el ademán de sacarla.)*

TEMERARIA. No la saques, y me obligues
a que yo use de mis armas
de fuego.

PINTOSILLA. ¿Cuáles?

TEMERARIA. Mis ojos:
que de una sola mirada
son capaces de hacer más
estragos que cuatro balas.

PINTOSILLA. ¡Muerta soy! A Dios, Geroma,
que se queman las castañas.

TEMERARIA. ¡Miedo! *(Con viveza.)*

PINTOSILLA. A un alguacil que viene
por allí.

*(Se retiran a sus puestos muy disimuladas.)*

TEMERARIA. Pues calla.

PINTOSILLA. Calla.

*Repite la seguidilla con la siguiente letra, e interin pasa* D. DIMAS, *alguacil, muy serio, y se entra por la puerta de debajo de la reja: se asoman las dos* USÍAS *a ella, y hacen gestos a los* PETIMETRES, *que las llegan a hablar desde la calle.*

*Canta* PINTOSILLA.

A bailar el bolero
y asar castañas,
apuesto en todo el orbe
con la más guapa.
Donde yo campo
nenguna campa:
A bailar el bolero,
y asar castañas.
Cuando yo bailo
ellas mueren de envidia,
y ellos de pasmo.
Nenguna campa
donde yo campo:
Ellas mueren de envidia,
y ellos de pasmo.

*Pasa* GORITO *muy majo, y se llega como con disimulo a tomar castañas del puesto de la izquierda.*

GORITO. ¿Mocita, me das dos cuartos?
TEMERARIA. Para usté no hay aquí nada
ya...
*(Tira los cuartos y los coge Mojiganga.)*
GORITO. ¿Qué es aquesto, Geroma? *(Serio.)*

TEMERARIA. Dígole a usted que se vaya
de bien a bien; que lo luzga
por ahí con cuatro petatas
endinotas como él,
mientras duren esas galas;
y que no cuente dende hoy
con mi amor, ni con mi plata.

GORITO. ¿Pero por qué? ¡Si supiera
el envidioso canalla
que te ha hablado mal de mí,
iba al punto, le arrancaba
delante de ti la lengua,
y si no podía tragarla
cruda, en ese tostador,
o la freiría, o la asara!
¿Quién es ese hombre?

TEMERARIA. Gorito,
*(Levantándose.)*
ya ha tres meses que me tratas,
y aunque sabes que yo... digo,
soy plus ultre de las majas
cuando quiero, cuando quiero
soy también aseñorada;
sé lo que es formalidá,
y a llevar bien una bata,
o un savillé desafío
a la usía más pintada.

GORITO. ¡Si eres la reina!...

TEMERARIA. ¿La reina?
Alcalde que yo me hallara

no más, habías de partir
los piñones esta pascua
con los cantos de Melilla,
o había de quemar la vara.

GORITO. ¿Quién tú? No me alces el gallo.
Ya me conoces.

TEMERARIA. Cachaza:
¡Si hay mil modos de reñir
sin alborotar las casas,
ni la calle; y de cortar
la amistad más apretada
entre dos, cuando la pega
uno de ellos o se cansa!

GORITO. ¿Te has cansado tú?

TEMERARIA. No es eso.

GORITO. La habré yo pegado.

TEMERARIA. Basta
que lo conozcas. Adiós,
que se queman las catañas.

*(Se sienta.)*

GORITO. ¡Es un falso testimonio!...

MOJIGANGA. Calla, hombre, que ya me falta
la paciencia. Si le has dado
a tu maestra palabra
de casamiento en saliendo
de deprendiz: ¿por qué engañas
a esta probe, y tomas de ella
todo cuanto te regala?

GORITO. No he dado tal, ni he querido
el dinero que me daba

para el desamen la otra:
y si supiera el canalla
soplón...

TEMERARIA. ¿A cuál quieres más?

*(Levantándose.)*

GORITO. A ti.

TEMERARIA. Pues está ajustada
la cuenta si quieres.

GORITO. ¿Cómo?

TEMERARIA. En poder de mi madrastra,
la tocinera del Rastro,
tengo cien reales medallas
para dote, mías propias,
que a nadie le deben nada,
porque mis antipasados
y mi padre, que Dios haiga,
las ganaron con la honra
que es pública en esa Plaza
Mayor, en el Rastro y la
Plazuela de la Cebada.

MOJIGANGA. Y de esto habrá mil testigos,
hombres de mucha sustancia.

GORITO. ¿Di?

TEMERARIA. Todo está reducido
a si u no, como Dios manda.
Tú tienes habilidá,
yo te quiero, y tengo plata,
desamínate esta tarde,
y casémonos mañana.

GORITO. ¡Tan pronto!...

TEMERARIA. Yo soy asina:
o drento o fuera, despacha;
o la maestra, o yo.
GORITO. Geroma,
ni el mesmo sol que bajara
en figura de mujer,
y supongo la encontraba
en la calle, en la canal,
o en vesita en una casa;
adonde tú te presentas,
pongamos la comparanza,
¡para mí!, ¡corcho: ni esto!
Pero déjame que salga
del día. Esta noche tiene
mi maestra convidadas
gentes de forma a jopeo,
porque es día de su santa;
corro con todo...
TEMERARIA. No más:
pues a donde corres, para,
y agur. *(Apártase.)*
GORITO. Si quieres venir... *(La sigue.)*
TEMERARIA. Aunque no estoy convidada,
puede.
*(Siéntase y pregona.)*
Calientes y gordas.
GORITO. Voy a eso que te he dicho.
TEMERARIA. Anda,
y cumple con tu maestra.
GORITO. ¿Pero quedas enojada?

¿La verdá?

TEMERARIA. ¿No me conoces
el regocijo en la cara?

GORITO. Pues hasta después, chuscota.

TEMERARIA. A Dios, resalado.

*Sale* D. DIMAS *de la casa.*

DIMAS. Aguarda:
¿Gregorillo? ¿Gregorillo?

GORITO. ¿Señor don Dimas, qué manda
su merced?

DIMAS. ¿Es cosa tuya
*(Por la Temeraria.)*
esa moza?

GORITO. En confianza
haga usted cuenta que no,
y que sí.

DIMAS. Pues está dada
una querella contra ella,
y la de enfrente.

GORITO. ¡Caramba!
¿Por qué?

DIMAS. Por escandalosas:
y es muy posible que vayan,
si no abandonan los puestos,
al Hospicio a cardar lana.

GORITO. Eso no es malo.

DIMAS. Prevenla;
mientras yo a estotra muchacha

*(A Pintosilla.)*
apercibo en caridad. *(Apártanse.)*

TEMERARIA. ¿Qué traes?

GORITO. ¡No es cosa de chanza!

TEMERARIA. «Le han ido con algún chisme
*(Aparte los dos.)*
»al señor alcalde. ¡Vaya!»

DIMAS. Dios guarde a usté. *(A Pintosilla.)*

PINTOSILLA. A usté también.

DIMAS. Escúcheme dos palabras.
El señor don Sisebuto,
que vive en aquella casa...

PINTOSILLA. ¿El señor de poco acá?
Adelante: ¿qué embajada
me trae usted de su parte?

DIMAS. ¡Caracoles, y qué guapa
parece usted!

PINTOSILLA. ¡Pero mucho!

DIMAS. Pues yo sé dónde se amansan
las guapezas.

PINTOSILLA. Yo sé más.

DIMAS. ¿Pues qué sabe usté?

PINTOSILLA. Amansarlas.
Diga usté sin cortedá
cualquier recado que traiga,
que nada le turba a quien
tiene la conciencia sana.

DIMAS. Pues dice aquel caballero...

PINTOSILLA. ¿Qué caballero, ni qué haca?
¡Si ha dos años que era mozo

del Peso, pasó a la Aduana,
se metió luego a tratante
de cuanto viene a la plaza
por mayor, compra barato,
y en perjuicio de la causa
común, después lo revende
por un ojo de la cara!

DIMAS. ¡Calla, mala lengua!

PINTOSILLA. ¿Qué
tiene mi lengua de mala?
¿Ha visto usté otras más limpias,
más resueltas, ni más claras?

DIMAS. Tengamos la fiesta en paz.

TEMERARIA. ¿Sabes lo que hay, Estefanía?
*(Llégase a Pintosilla.)*
Que el marqués del fardo acuestas
se ha querellado de entrambas.

PINTOSILLA. ¿Por qué?

DIMAS. Por muchos motivos.
Porque cada instante arman
peloteras entre sí
ustedes dos; porque estafan
al público, dando seis
por un cuarto de castañas.

GORITO. ¡La conciencia de un tratante
siempre ha sido delicada!

DIMAS. Y sobre todo, porque
entretienen cuantos pasan
con cánticos, chicoleos...

PINTOSILLA. ¡Por vida del diantre!...

TEMERARIA. Calla:
yo acabaré la querella
como debió él acabarla.
Y que con esto sus hijas,
que están siempre a la ventana
aguardando a dos pelones
de peluca y medias blancas,
nunca pueden sin testigos
recoger y tirar cartas,
y lo que a su padre chupan
de la dispensa y del arca.

DIMAS. ¿Lo haréis bueno?

PINTOSILLA. ¡Así lo fueran
ellas, y toda su casta!

MOJIGANGA. Mire usté, señor menistro,
en un barrio, verbigracia,
un zapatero de viejo,
y una de éstas son alhajas.

DIMAS. Él me ha dicho que sus hijas
están escandalizadas.

PINTOSILLA. Y nosotras, que lo estamos
mucho más de ellas; y para
prueba, vendrá todo el barrio.

*Sale* D. SISEBUTO *de caballero.*

D. SISEBUTO. ¿Ve usted si yo me quejaba
de balde?

DIMAS. También se quejan
ellas de usted, y afianzan

que hay por allá contrabandos.

GORITO. «En otra parte hago falta, *(Aparte.)*
»y aquí sobro: yo me escurro.» *(Vase.)*

MOJIGANGA. Que se va Gorito.

TEMERARIA. Vaya
con Dios, que ya nos veremos.

PINTOSILLA. Si sabe aquella ventana
hablar, que se lo pregunten.

TEMERARIA. Y si no a esa puerta falsa,
por donde acaban de entrar,
mientras el señor estaba
con usted, dos petimetres.

SISEBUTO. ¿Por dónde, si en la antesala
hemos hablado los dos?

PINTOSILLA. Por la cocina: ¿en qué casa
de caballero no hay
por lo menos dos entradas?

SISEBUTO. Mienten.

DIMAS. Mejor será verlo.

SISEBUTO. Las manos sobre las ascuas
pondré yo.

*Sale* MACARENO *de majo.*

MACARENO. ¿Qué ha habido aquí?
*(A la Pintosilla.)*
¿Y tú qué haces apartada
de tu puesto? Buenas tardes,
caballeros. ¿Se peleaban
estas mozas, seó don Dimas,

y vino usté a apaciguarlas?

DIMAS. Chismecillos: por ahora
con apercibirlas basta;
pero si no se corrigen,
será fuerza escarmentarlas.

TEMERARIA. Primero ha de corregir
usted a las mal habladas
que tienen la culpa...

MACARENO. Chito.

PINTOSILLA. Tiene mucha razón.

MACARENO. Calla
tú: recoge la mantilla,
y ve a buscar a tu hermana,
que te espera para ir
al fandango de la Paca,
la carpintera.

PINTOSILLA. No iré
hasta que quede mi fama
bien puesta, y he de quedarme
aun en verano, plantada
en esta esquina: y sobre eso,
Macareno, no me hagas
reconvenciones.

MACARENO. ¿Qué empeño
tenéis tú y la Temeraria
en estar aquí sufriendo
la nieve, el viento y el agua,
si no os falta qué comer,
bien vestidas y calzadas?

TEMERARIA. Tener oficio.

MACARENO. ¿Y qué oficio
es?

TEMERARIA. Como otras holgazanas
se aplican a escofieteras[16],
nosotras a asar castañas.

MOJIGANGA. Unas detrás de cristales,
y otras detrás de mamparas.

MACARENO. Pues no lo estarás tú más,
que al puesto, y a todas cuantas
baratijas le competen,
he de pegar fuego.

DIMAS. Basta
quedar por ahora embargados.
Usted, tío Mojiganga,
métalos en la taberna,
quedándose hasta mañana
por depositario.

*(Los recoge, ayudándole alguno.)*

PINTOSILLA. ¿Y qué
se han de quedar las fulanas
riyendo?

DIMAS. Poquito a poco
se andan mejor las jornadas.
Venga usted, don Sisebuto,
conmigo.

SISEBUTO. ¿Dónde?

DIMAS. A su casa.

SISEBUTO. ¿Pues creyó a estas embusteras?

[16] Escofieteras: las que hacen las escofietas: tocado que usaron las mujeres formado ordinariamente de gasas. Cofia o redecilla.

DIMAS. No; pero aquel que se encarga
de una comisión, mal puede
cumplir sin examinarla.
*(Éntranse los dos.)*

MACARENO. Vamos.

PINTOSILLA. ¿Geroma, y tu novio?

TEMERARIA. Está en una cuchipanda.

PINTOSILLA. ¿Y qué va sin ti?

TEMERARIA. Otras veces
voy yo sin él: ¡con que pata!
¿Qué mira usted? Yo lo digo.
*(A Macareno.)*

MACARENO. Si tuvieran una miaja
de juicio algunas mujeres,
pudiera uno aconsejarlas
lo que no las tiene cuenta;
pero luego después... Vaya,
más vale callar.

TEMERARIA. Más vale,
que estar con medias palabras
provocando la paciencia
a dos mujeres honradas.

MACARENO. Basta que ustedes lo digan,
pero yo tengo mil ansias...

PINTOSILLA. Pues si las tienes empuja,
gomítalo todo, o calla.

MACARENO. Dicen que Gorillo no
parece saco de paja
a su maestra.

TEMERARIA. Tampoco
me lo parece a mí. Salga
de aquese buche...

MACARENO. ¿Qué ha de
salir?

TEMERARIA. Otra bocanada.

MACARENO. Y se dice que muy pronto
y a no dudarlo se casa
con ella.

TEMERARIA. Pues si se dice,
y de ello tanto se habla,
será verdad, o será
mentira. ¿Cuántas proclamas

se han corrido?

MACARENO. Eso no dicen.

TEMERARIA. ¿Los ha visto alguno ir hacia
la vicaría en simón?

MACARENO. Tampoco.

PINTOSILLA. ¡Será patraña!

TEMERARIA. No tardarás en saberlo.

PINTOSILLA. ¿Y cómo?

TEMERARIA. Ustedes se vayan
a su baile.

PINTOSILLA. ¿Y tú no vienes?

TEMERARIA. ¡Si yo no estoy convidada!

MACARENO. Yo te convido, Geroma.

TEMERARIA. Pues en esa confianza
puede que me anime. Agur.

PINTOSILLA. Pues te esperamos sin falta.

TEMERARIA. Yo iré...

MOJIGANGA. ¡Mire usted lo que hace!

TEMERARIA. Vamos, tío Mojiganga.

MOJIGANGA. ¿A avisar al peluquero?

TEMERARIA. No necesito ir peinada,
que voy yo a peinar.

MOJIGANGA. ¿A quién?

TEMERARIA. El primero, si me enfada,
a usted. *(Vase.)*

MOJIGANGA. No enfadaré tal.
¡Dios ponga tiento en tus garras!
*(La sigue.)*

*El teatro se muda en casa pobre, que figura la tienda de carpintería, adornada caprichosamente con algunos tarjetones y cortinas apabellonadas, bastante charro: dos o tres oficiales de carpintero poniendo velas a las cornucopias: habrá una araña de palo colgada ya con luces.* DOMINGO, *mozo de esquina, traerá como el último viaje de taburetes y sillas, que* DOÑA JAVIERA *y su* CRIADA *arreglarán, interín cantan dentro las boleras, que después han de servir para bailar, con la guitarra, bandurria, un violín y castañuelas, etc.*

OFICIAL 1.º. ¡El demontre del bollero
aragonés qué bien canta.

CRIADA. Más me gusta a mí la voz
de Josillo el de Aravaca.

*Sale* DOÑA JAVIERA.

Dª. JAVIERA. Más me gusta a mí la sorna
de ustedes.

OFICIAL 1.º. ¿No se trabaja
bastante, y en medio día
hemos dispuesto una sala
de la tienda, que compite
con la de un grande de España?
*(Se sienta y se limpia el sudor.)*

DOMINGO. You non puedu más.

JAVIERA. Que callen
los de la música, hasta
que se empiece la función.

CRIADA. ¡Jesús qué mal humorada
está usted!

JAVIERA. Tengo motivo:
haz tus haciendas y calla.
¿Domingo? *(Se llega a él.)*

DOMINGO. ¿Señora?

JAVIERA. ¿Con que
festeja a la Temeraria
Gorito?

DOMINGO. Si mal le sabe,
¿por qué con ellu se enjuaga?
Digu que fui a beber
a la taberna: no estaba
ella: tomé información
de la señora Juliana
la tabernera, su esposu,
y demás gentes honradas
de la tertulla: dijerun
que la Geroma es su maja,
y Gurritu el maju de ella:
que ella le conprou la capa
con galón, el chupetines,
el chalecu, é mais la faja,
medias de seda, sombreru,
y las hebillas de prata
de martillu; pero en cuantu
si se casa o non se casa,
non se sabe cosa fija.
¿Queda su mercé enterada?

JAVIERA. Demasiado: déjame.

*Sale* BLAS TRABUCO *de majo serio con la* CEFERINA.

BLAS. Buena hora es. Mira si hallas
por ahí donde sentarte,
que estés más acomodada,
y me dejes un ladito.
Felices, señora Paca
Javiera, con muchos gustos,
y los aumentos de gracia
que yo la deseo en vida
del difunto que Dios haiga,
y si tiene echado el ojo
del que ha de ocupar su plaza.

JAVIERA. ¡Qué sé yo! *(Suspirando.)*

CEFERINA. ¿Qué tienes, hija?

JAVIERA. Estoy muy desazonada.

CEFERINA. Supongo que en días tales
es más sensible la falta
de un marido como el tuyo.

JAVIERA. Hoy hace siete semanas
que espiró, doce minutos
antes de salir el alba.

CEFERINA. ¡Qué memoria! Se conoce
lo mucho que le estimabas.

BLAS. ¡Si así madrugó a morirse,
qué haría si le convidaran
a almorzar en este tiempo
una solemne fritada
de lo fresco!

JAVIERA. ¡Ay, Ceferina!

¡Ahora conozco lo maulas
que son los hombres! ¡Aunque
*(Suspirando.)*
con un candil le buscara,
no hallaré otro Juan García!

BLAS. Pues buscarle con una hacha,
y en encontrando un buen Juan,
mas que se llame Juan Rana.

*Salen* MACARENO, PINTOSILLA *y otra maja.*

MACARENO. ¡Aún no hay gente!

BLAS. ¿Pues qué somos
los que estamos aquí, estatuas?

PINTOSILLA. Muy buenas noches, amigas.

JAVIERA. ¡Qué contentas y bizarras
venís!

CEFERINA. Aún no somos viudas.

PINTOSILLA. Ni yo tampoco casada.

CEFERINA. Yo estoy del propio color,
mas vivo con esperanzas
de uno y otro antes de mucho.

BLAS. Conmigo no has de lograrlas:
¡hola!

CEFERINA. Calla, mono mío,
que esto es jugar.

BLAS. Pues si me andas
con esos juegos, quizás
puedes perder la casaca.

JAVIERA. ¿No os sentáis?

PINTOSILLA. ¿Qué tienes hoy?
CEFERINA. Llora la memoria amarga
de su marido.
PINTOSILLA. No es eso.
JAVIERA. ¿Qué, sabes tú lo que pasa *(Pronta.)*
dentro de mí?
PINTOSILLA. Lo sabemos.
MACARENO. Y no logrará usté nada
con dar y tomar en ello,
sino echar el pecho al agua.
BLAS. ¡Y el cuerpo, que la estación
para bañarse es muy guapa!

*Sale* GORITO.

GORITO. ¿Han venido mis amigos,
los del tiple, la guitarra
y el vigolín?
JAVIERA. Ya están dentro.
*(Con fisga.)*
GORITO. ¿Y el aragonés?
JAVIERA. ¿Canalla,
de dónde vienes?
GORITO. De allá.
JAVIERA. ¿De buscar la Temeraria?
MACARENO. ¿Y vendrá a favorecernos?
JAVIERA. ¿Te atreviste a convidarla,
pícaro? ¿Piensas que ya
no sé todo lo que pasa?
¡Qué me dices, que tu tío,

es quien te viste y te calza,
y es ella!

BLAS. Dios se lo pague.

GORITO. Si usted todo es, calla, calla,
Gorito, que yo te quiero;
y para ti tengo un arca
tan grande, y otros dos cofres
de vestidos ricos para
cuando seas oficial:
yo te pagaré la carta
desamen y las propinas:
la rica capa de grana
y el vestido de tisul,
que tu maestro llevaba
en la prucisión el año
dempués de semana santa
que le hicieron mayordomo,
y el espadín de oro y plata,
todo será para ti:
y temprano una mañana
nos iremos a la iglesia...
con otras muchas cosazas
prometidas; pero hasta ahora,
si un hombre no se ingeniara
por otra parte, andaría
hecho un pillo, como andaba.
Usted, señor Blas Trabuco,
que es hombre de razón, haga
justicia; y el Macareno,
que profesó en Salamanca

diez meses la albeitería,
y que sabe de la pata
que cojean las mujeres,
diga lo que se le alcanza.

JAVIERA. Que lo digan.

BLAS. Poco a poco:
habla, Macareno.

MACARENO. Habla,
Trabuco.

BLAS. Con tu licencia. *(A Macareno.)*
¿Le tienes dada palabra *(A Gorito.)*
a la otra?

GORITO. Según y conforme.

BLAS. Ya. ¿Y usted, señora Paca,
si el chico la antepusiese
a la otra, se casara
con él?

JAVIERA. Según y conforme.

BLAS. Pues conforme, y según hagan
ellas contigo, haz tu boda
con la que te dé la gana.

CEFERINA. Yo estoy por esta señora.

PINTOSILLA. Y yo por la Temeraria,
que da más que ofrece.

JAVIERA. A dar,
ni ella, ni otra más bizarra
me echa el pie adelantre.
Chica,
*(A la criada.)*
pon un brasero en la sala;

y si la que más te estime, *(A Gorito.)*
ha de llevarse la palma,
os confundiré a finezas
a ti, y a la Temeraria.
Muchachos, venid conmigo.
*(A los oficiales.)*
Y sígueme tú, canalla. *(A Gorito.)*

TODOS. ¿Pues qué es esto?

JAVIERA. Ceferina,
a ti te dejo entregadas
las llaves de la función,
para que hagas y deshagas
a tu gusto.

CEFERINA. ¿Dónde vas?

JAVIERA. Entretanto que se baila
por aquí, a dar yo allá dentro
un golpe que asombre a España
*(Vase con los que dijo.)*

BLAS. Nos han convidado a una
función, y dos nos aguardan.

MACARENO. ¿Cómo?

BLAS. La oposición de
la castañera y la Paca.

*Sale* D. BRAULIO *con madre e hija, petimetras.*

BRAULIO. Muy buenas noches, señores.

TODOS. Muy buenas.

MADRE. ¿Dónde está el ama
de casa?

OFICIAL 1.º — A una diligencia
adentro: voy a avisarla.

CEFERINA. — Ella saldrá: madamitas,
me alegro de ver la sala
tan lucida.

MADRE. — Pero sosa.

BRAULIO. — ¿Se baila aquí, o no se baila?

CEFERINA. — Al instante: diga usted
*(Al Oficial 1.º y vase.)*
a los músicos que salgan.

BLAS. — ¿Eres tú la bastonera?

CEFERINA. — No, que soy la apoderada:
¿no lo has oído?

BLAS. — Discurro
que sí: ya no me acordaba.

*Salen las dos* VECINAS *petimetras con* D. FELIPE *y* D. LUIS, *de frac y bastón.*

FELIPE. — ¿Dónde está la carpintera?

CEFERINA. — Doña Francisca se llama.

PINTOSILLA. — Las vecinitas: las hijas
*(Quedo a Macareno.)*
de don Sisebuto.

MACARENO. — ¡Calla!

VECINA 1.ª. — ¿Y dónde está la tal doña?

CEFERINA. — Está allá dentro ocupada.
Para recibir a ustedes,
y acomodar a estas damas
a gusto, yo soy lo mismo.

BLAS. ¡Como que es la apoderada!

*Sale* OFICIAL 1.º *con los músicos.*

OFICIAL 1.º Ya está la música aquí.
MACARENO. ¿Pues para qué se malgasta
el tiempo?
CEFERINA. ¿Bailas, Trabuco?
BLAS. ¡Si sabes que a mí me agrada
más que bailar no cansarme,
y reírme de los que bailan!
CEFERINA. ¡Qué majo tan poltrón eres!
BLAS. Por eso hacemos tan brava
pareja: yo como un plomo,
y tú eres como una pájara.
CEFERINA. ¿Y no he de bailar yo?
BLAS. Mucho.
CEFERINA. ¿Y si ninguno me saca?
BLAS. Yo sacaré para ti
el mejor mozo que haiga.
CEFERINA. Bien. ¿Pues si ha de ser, señores,
a qué esperamos? ¡Al arma!
¿Si ustedes gustan?
LAS PETIM. ¡Muy bien!
LOS PETIM. Damos a usted muchas gracias.

*(Se ponen en postura de minuet a cuatro, y empiezan a cantar boleras.)*

PINTOSILLA. ¡Qué mal se ponen!

MACARENO. Después
saldrás tú para enseñarlas.

Ya no vivo en la calle
de la Paloma... *(Música.)*

LUIS. Toquen minuet.
MÚSICOS. No sabemos.
VECINA 1.ª ¡Ésta es mucha bufonada,
que nosotras no bailamos
sino minué y contradanzas!
PINTOSILLA. Nosotras sí. Macareno,
vamos.
MACARENO. Sí, que se malgasta
la cera y los estrumentos.
CEFERINA. Señoras, luego que salga
la carpintera, dará
providencia de que traigan
orquesta en forma.
LAS PETIM. ¡Muy bien!
BLAS. Ceferina, ponte en planta,
que vas a bailar.
CEFERINA. ¿Con quién?
BLAS. Ahora lo verás. ¿Madama,
*(Llega con mucha cortesía a la hija petimetra.)*
me presta usted a su majo
para bailar con mi maja
unas cuantas seguidillas?
MADRE. Así como así no bailas:
sí, préstasele, hija mía,

con eso verás que hallas
otro día quien te preste
lo que a ti te hiciere falta.

HIJA. Vaya usté, vaya usté.

BLAS. Yo
tendré esta silla guardada:
que esto ha de ser de hombre
a hombre,
confianza a confianza.

BRAULIO. ¡Muy bien!

BLAS. Y de más a más
le guardaré usted la capa.

CEFERINA. Ea, muchachos, echad
el doble de las gargantas.

*Bailan las seguidillas boleras la* PINTOSILLA *y* CEFERINA *con el* MACARENO *y* D. BRAULIO*; y al acabar las suficientes, sale el tío* MOJIGANGA *de capa y aseado, después* DOÑA JAVIERA *y* TEMERARIA, *según dirán los versos.*

MOJIGANGA. ¿Está aquí el señor Gorito?

PINTOSILLA. ¿Qué trae, tío Mojiganga?

MOJIGANGA. Un recado de atención.

CEFERINA. ¿De quién y a quién?

MOJIGANGA. De mi ama,
al ama de aquí.

*Sale* JAVIERA.

JAVIERA. ¿Qué es esto?
MOJIGANGA. La señora Temeraria
dice que salga Gorito,
si usted gusta de que salga,
y si no entrará por él.
JAVIERA. Aguarde un poco. ¿Muchacha?

*Sale la* CRIADA.

CRIADA. ¿Señora?
JAVIERA. Trae luego aquello.
*(Vase la Criada.)*
Dígale usted a esa daifa[17],
que si quiere entrar a honrarme,
es muy dueña de esta casa;
pero si juzga que tiene
derecho a algunas alhajas
que hay en ella, se equivoca:
porque las que son compradas
con su oro, se las vuelvo
en bandeja...
*(Las saca la Criada.)*
MOJIGANGA. ¡Si es canasta!
JAVIERA. Calle: y de la única libre,
tengo muy anticipada
yo la posesión.

*Sale* TEMERARIA.

[17] Daifa: manceba; huéspeda a quien se trata con regalo y cariño.

TEMERARIA. Y yo
la propiedad.
BLAS. No se haga
el pleito camorra, y demos
todos una campanada.
TEMERARIA. ¿Dónde está el descamisado,
que a una y otra nos engaña?
JAVIERA. ¿Descamisado? ¡Eso fuera
si todavía tratara
con ella! Sal, don Gregorio,
y haz notoria la distancia
que hay de ser pillo a maestro
de una profesión honrada.

*Sale* GORITO *con las galas que se citaron del maestro difunto.*

GORITO. Señores, a vuestros pies,
bésoos las manos, madamas:
estimo mucho que vengan
ustedes a honrar mi casa.
TEMERARIA. ¿Tuya? La casa, el vestido,
que más parece botarga[18],
a la maestra y a ti,
y a todos cuantos se hallan
en la función, con las uñas
los tengo de hacer migajas,
si no me dan la razón.

[18] Botarga: vestido ridículo de varios colores, que se usa en las mojigangas y en algunas representaciones teatrales.

*Sale* D. DIMAS *con* D. SISEBUTO.

DIMAS. ¿Qué voces descompasadas
son éstas? ¿Esto es camorra
o baile?... ¿Mas qué me espanta?
¡Donde están las castañeras
no cabe juicio!

SISEBUTO. ¿Pensaba
yo bien?

PINTOSILLA. Donde están sus hijas
tampoco faltan tarascas.

DIMAS. ¿Sus hijas?

SISEBUTO. ¡Ah picaronas!
¿Vive aquí doña Gervasia,
donde ibais? ¿Y el pajecillo?
¿Quién son los que os acompañan?

LAS PETIM. ¡Padre!...

LOS PETIM. ¡Seor don Sisebuto!...

TEMERARIA. ¡Pícaro!... *(A Gorito.)*

SISEBUTO. ¡Atrevidas!... *(A sus hijas.)*

DIMAS. Basta
de voces, y si no basto
yo a persuadir la templanza,
mi alcalde tiene la ronda
para salir preparada.

JAVIERA. Mire usted por mí.

DIMAS. Por todos;
pues aunque son limitadas
mis luces y facultades,
cuando de atajar se trata

un escándalo o disgusto,
con la buena intención basta.
¿Ustedes dos, caballeros,
festejan a estas dos damas
de buena fe?

LUIS. De tan buena,
que a igualar las circunstancias
de su padre con las nuestras...

SISEBUTO. ¿Pues en qué se desigualan?

FELIPE. ¡Dicen!...

SISEBUTO. Todos los que digan
mal de mi origen, se engañan.
Soy un montañés honrado,
que se escapó de su patria,
como otros, a hacer fortuna
con muy grosera crianza.
Si hubiese hecho buena letra,
al destino me aplicaran
de hortera o paje en el día:
con buena voz, unas cuantas
monerías a la moda,
al compás de una guitarra
no me hubiera ido mal; pero
como no me dio otra gracia
Dios que las buenas costillas,
me apliqué a llevar la carga,
y me ha ido mejor con ella,
que si hubiese en Salamanca,
Valladolid y Alcalá
cursado todas las aulas.

DIMAS. Hablen ustedes.

FELIPE. No es ésta
materia para tratada
aquí. Mañana hablaremos.

SISEBUTO. Pues hablaremos mañana.

*(Se dan las manos.)*

TEMERARIA. ¿Me sigo ahora yo?

DIMAS. ¿Qué tienes
que decir?

TEMERARIA. Pocas palabras.

JAVIERA. Pues cuidado que sean buenas...

TEMERARIA. Como mías.

JAVIERA. Que ya se alza
mi cólera a las narices.

TEMERARIA. Pues la mía se me baja
a los zancajos. Señor
don Gregorio, yo gustaba
de usted, cuando era un muchacho
chiquito, pero con gracia,
como yo; pero me da
tal asco ver esa estampa
de cocherillo alquilón,
con la librea de gala,
de cómico de la legua,
y de estafermo de paja,
que me doy la enhorabuena
de enviarle enhoramala.
¡Zoquete por fin!

JAVIERA. ¡Zoquete,
que en este taller se labra

para hacer de él un marido!

GORITO. ¡Cabal! Deme usted la blanca
mano, tome usted la negra,
y está la cosa ajustada,
en dando lo que gastó
conmigo a la Temeraria.

JAVIERA. Luego: ¿trae usted la cuenta?

TEMERARIA. ¡Eso sólo me picara,
si no fuera yo de pecho,
y de corazón tan ancha!
Tío, esa ropa es de usted,

*(Mojiganga muy alegre y se la empieza a poner.)*

y yo me doy por pagada
con bailar en esta boda.

JAVIERA. Ahora no, que nos aguarda
la cena. Señor menistro,
si usted gustase de honrarla...

DIMAS. Lo estimo mucho.

PINTOSILLA. ¡Geroma,
de verte estoy admirada!

TEMERARIA. ¡Hija, al que juye de mí,
el pasadizo de plata!

DIMAS. Señores, no me parece
que debo yo ser machaca:
conozco a ustedes, y creo
que con lo apuntado basta,
para abandonar vosotras
los puestos de las castañas;
y los demás, o casarse,
o cada uno a su casa.

LOS MAJOS. ¡Ya sabe usted!
DIMAS. Lo sé todo:
a cenar, señora Paca.
SISEBUTO. Adiós, señores. *(Señas a los petimetres.)*
BLAS. Está
la llave a la puerta echada.
JAVIERA. Éste es obsequio que quiero
hacer a mis parroquianas.
SISEBUTO. No replico.
JAVIERA. Pues en tanto
que de servirnos acaban
las mesas, Estefanía
pudieras, acompañada
de las amigas y amigos,
cantarnos una tirana.
PINTOSILLA. Jesús, querida, al instante.
GORITO. Que nos saquen las guitarras,
porque se convierta en gozo
lo que empezó por desgracia.
OFICIAL 1.º Aquí hay instrumentos.
PINTOSILLA. Pues
allá va, sin ser rogada.
BLAS. Yo en nombre de todos, pido
a todos silencio y gracia.

ÍNDICE

El Petimetre .................................... 15
La Plaza Mayor .................................... 49
Las Castañeras Picadas .................................... 81

ESTE VOLUMEN HA SIDO
IMPRESO EN MADRID. JUNIO DE 1989.